나의 프랑스식 비건 생활

나의 프랑스식 비건 생활

하지희 지음

ma vie

végane

à la

française

열매하나

일러두기

1. 책에 표시된 프랑스 요리 이름은 대체로 한국에서 많이 알려진 발음을 적용했으나, 잘 알려지지 않은 용어는 저자의 임의대로 표기했습니다.
2. 프랑스의 채식 관련 정책 혹은 사회 분위기는 2022년 초까지의 최신 기사를 참고했지만, 최근 들어 상황이 계속해서 빠르게 변한다는 점을 감안해주시길 바랍니다.

옆집엔 사냥꾼이 살지만

한적한 프랑스 시골 마을의 일요일 아침. 달콤한 늦잠을 자고 일어난 한 가족이 마당에 나와 브런치를 차리는 그림 같은 풍경이 펼쳐진다. 그런데 갑자기 어디선가 총성이 울린다. 개의치 않고 빵과 버터를 꺼내오는 할머니. 또 한 번의 총성. 하품을 하며 양손 가득 좋아하는 잼과 시리얼을 안고 오는 어린 손녀. 그리고 연달아 이어지는 세 발의 총성.

총성이 난무하는 이곳은 전쟁터가 아니라 평범한 프랑스 시골 마을이다. 사냥 시즌이 돌아오면 일요일마다 흔히 볼 수 있는 일상적 풍경이기도 하다. 내가 사는 곳 바로 건너편에는 주말이면 수십 명의 사냥꾼이 북적이는 '사냥 오두막'이 있다. 오두막 뒤편, 넓게 펼쳐진 테라스 지붕엔 박제된

여우와 족제비 들이 전리품처럼 즐비하다.

사냥이 시작되면 벼르던 사냥개들이 숲과 들을 질주하며 목표물을 향해 짖어대고 그 뒤를 따라 총성이 이어진다. 아침에 평화롭게 브런치를 즐기던 가족들도 형광 조끼를 입고 함께 여우를 뒤쫓는다. 할아버지를 따라 아기 사슴보다 키가 작은 어린아이가 여우 굴을 찾아내고 덫을 놓는 방법을 배우는 모습은 언제 보아도 기분이 이상하다.

나는 20대 초반 한국에서 프랑스로 요리를 배우러 왔다. 버터와 치즈와 각종 고기 요리로 세계적인 명성을 날리는 바로 그 프랑스 요리 말이다. 파리의 한 요리 학교에서 매일같이 고기와 생선을 손질하는 법과, 버터를 크림처럼 만들어 더는 넣을 수 없을 때까지 음식에 충분히 넣는 방법을 열심히 배워 프로방스의 레스토랑 주방에서 일하기도 했다. 게다가 프랑스에서 나고 자란 남편은 자연스럽게 수십 가지 치즈를 구분하고, 수백 가지 치즈 요리를 떠올릴 수 있는 사람이다.

'사냥꾼 이웃을 둔 프랑스 요리사가 치즈 마니아 남편과 함께 살고 있었습니다.'

여기까지 읽은 분들은 이 책의 제목에 포함된 '비건'이란 단어를 다시 들여다보며 뭔가 잘못되었다고 생각할지도 모른다. 이런 환경이라면 매일 아침 버터를 바른 크루아상을 즐기고, 고기 육수 끓이는 냄새가 가득한 주방에서 손님들에게 크림소스를 끼얹은 송아지 스테이크를 대접하며 사는 것이 너무나 당연하다고 느낄 테니 말이다.

쉬프히즈surprise(서프라이즈)!?

나는 육식 세계의 한복판에서 비건으로 살아간다. 이런 나의 모습이 다소 극적으로 보일 수도 있지만 채식을 지향하거나 비건인 많은 사람들의 생활도 어쩌면 이와 같지 않을까 생각해본다. 똘레랑스의 나라로 알려진 프랑스에서도 비건은 쉽게 인정받기 어려운 가치관이다. 비건은 음식 문화와 밀접히 관련되어 있는데 프랑스 사람들은 특히 음식에 매우 진지하다.

내가 처음 비건이 되겠다고 마음먹은 때는 프랑스에서 9년이라는 시간 동안 요리 학교와 레스토랑 주방과 수많은 일반 가정집 식탁을 통해 프랑스 요리를 경험한 뒤였다. 그 시간 동안 프랑스인들이 얼마나 고기와 유제품으로 만든 전통 있는 프랑스식 음식을 사랑하는지 온몸으로 느껴왔기 때문에 비건으로서 시작과 과정이 결코 순탄치 않으리라 짐작했고, 예감은 틀리지 않았다.

사실 원고를 쓰던 초반에는 프랑스식 비건 생활이 조금 버겁게 느껴졌다. 타국에서 홀로 외로운 싸움을 이어가며 살아갈 생각에 두렵기도 했다. 이 책은 그 막막하고 어려웠던 순간과 나만의 방식을 찾아가는 과정에 대한 기록이기도 하다. 식사 자리에서 처음 마주한 불편한 대화, 더 나은 선택지를 찾아 혼자 씨름하던 아침, 마트의 냉장고에서 마주한 어떤 차별에 나의 처지가 겹쳐 보이던 오후, 조금이라도 더 기분 좋은 식탁을 위한 레시피를 찾아 헤매던 시간, 배려 섞인 언어로 함께 고민해보자고 내밀어주던 손. 이렇게 일상에서 만났던 절망과 희망에 대해 기록하고 또 기록했다.

하나둘 기록이 쌓이면서 뭔가가 조금씩 변했다. 외로웠던 시간에 함께 발을 맞춰주는 따뜻한 시선들이 늘었고, 난감한 주위 환경에 대해서 나부터 의연한 태도를 취하기 시작했다. 원래 무슨 이야기든 역경이 많으면 많을수록, 새로운 배경이 계속해서 펼쳐질수록 더 흥미진진하지 않은가. 다른 이들 앞에서 비건을 말하는 내 가슴 속에는 이제 두려움보다 모험에 대한 설렘이 더 크게 자리한다.

버터와 고기가 빠진 요리는 프랑스 음식이 아니라며 호들갑을 부리는 프랑스 사람들에게 진정한 프랑스 요리는 좋은 재료와 인내심이 만든다는 걸 알려주고 싶다. 채소는 메인 요리에 딸린 싱거운 곁들임뿐이라는 사람들의 손을 이끌고 그들이 아직 모르는 미지의 비건 요리 세계를 탐험하는 일, 이것이 나의 프랑스식 비건 생활이다.

이 책은 내가 그린 모험 지도이고 일종의 초대장이기도

하다. 비건이라는 미지의 세계로 모험을 떠나볼까 생각하는 누군가에게 작은 이정표가 되기를, 비건으로서 우리 함께 어깨를 맞대어보자는 응원이 되기를 바란다.

· 차례 ·

3. 신선한 일상

4. 함께하는 채식

5. 나의 프랑스식 계절 레시피

1. 당연한 시작

절대 버터를
너무 넣을 순 없어요

ANYONE CAN COOK.

요리책 제목 같은 이 문장이 어디에서 나온 말인지 단번에 알아채는 이가 있을까. 간질거리는 음악과 함께 셰프 모자를 쓴 쥐의 탱탱한 얼굴이 그려지는 이가 있을까. 프랑스 요리를 생각하면 춤추듯 냄비에 와인과 허브를 착착 집어넣는 장면이 바로 떠올려지는 이가 있을까. 그이라면 지금부터 내가 하려는 이야기를 더욱 즐겁게 들어주리라 믿는다.

막연히 요리 공부를 해 보면 어떨까 밑그림만 그려두었던 나를 프랑스로 오게 만든 건 재밌게도 한 마리의 쥐였다. 2007년 영화관에서 본 〈라따뚜이〉 속 천재 요리사 쥐 레미가 말한 "누구나 요리할 수 있다"는 달콤한 공약에 영업당해

3년 뒤 훌쩍 와버린 프랑스. 그런데 정작 이곳에 대한 첫인상은 뭐랄까, 생각보다 좀……, 느끼했다.

헤밍웨이는 '파리는 날마다 축제'라고 했지만 난 이렇게 정정해주고 싶다. '파리는 날마다 버터 축제'라고. 10년 넘게 프랑스에서 생활하며 프랑스 요리를 배웠고 프랑스 레스토랑에서 일했다. 그 긴 시간을 통해 마침내 깨달았다. 프랑스 요리는 곧 버터 요리임을. 이 노랗고 부드러운 직사각형의 버터를 넣지 않으면 결코 프랑스 요리로 인정받지 못했다. 내가 논비건 요리사로 계속 일했다면 '파리는 날마다 버터 축제'라는 요리책을 냈을지도 모른다.

〈줄리 앤 줄리아〉는 그 책의 영화 버전이라고 해도 무방하다. 영화에는 프랑스 음식이 자주 등장하는데 '요리 영화'인지 '버터 영화'인지 헷갈릴 정도로 버터가 들어가고 들어가고 또 들어간다. 줄리아는 레스토랑 직원이 팬에 담아온 가자미 요리의 향을 맡더니 감격한 표정으로 "버터" 하고 중얼거린다. 또 버터와 화이트 와인을 휘저으면 걸쭉하고 톡 쏘는 맛있는 소스가 된다고 설명할 때는 아주 섹시한 남자라도 만난 듯 황홀한 표정을 짓는다.

그런가 하면 영화 속 또 다른 주인공 줄리는 줄리아의 요리책 속 레시피를 따라하며 프랑스 요리를 터득해가는 사람이다. 그의 냉장고에는 늘 버터가 산처럼 쌓여 있고, 요리를 할 때는 팬에 가득찰 만큼 뭉텅이 버터를 넣는다. 심지어 박물관에서 만난 줄리아의 사진 앞에도 버터를 가져가 내려놓는다. 줄리는 마침내 이렇게 말한다. "절대 버터를 너무 넣을 순 없어요."

영화는 과장이 아니었다. 프랑스 요리를 다루려면 '버터 영화'가 되지 않을 수 없었던 것이다. 실존 인물이기도 한 줄리는 자신이 그렇게 버터를 많이 먹어서 체중이 늘고 남편역시 위산 과다로 고생할 줄 알았으면 프랑스 요리에 도전하지 않았을지도 모른다.

파리 요리 학교에서 수업을 듣던 당시, 시범 수업엔 통역하는 분이 셰프 옆에서 프랑스어 수업을 천천히 영어로 옮겨주었다. 한번은 통역사가 갑자기 "쿡" 하고 웃으며 말했다. "제가 오늘 통역한 말 중에 절반은 '버터'였던 것 같아요." 그 말에 셰프와 다른 학생들도 모두 함께 웃어버렸다. 우리도 그렇게 생각하던 참이었기 때문이다. "아주 정확히 보셨네요. 그래요. 프랑스 요리는 '버터'입니다. 유당불내증이 있는 사람에게 매우 슬픈 나라지요." 대답하는 동안에도 녹인 버터를 2큰술 가득 팬에 넣던 셰프의 자연스러운 동작이 눈앞에 선하다.

한국 음식점에서 간장, 고추장, 된장을 10리터 들통으로 사듯 프랑스 레스토랑에선 버터, 우유, 크림을 대형 묶음 단

위로 산다. 내가 일하던 레스토랑에는 디저트 담당 파티시에 셰프가 별도로 일했고 주방도 나뉘어 있어서 디저트용 유제품은 그가 따로 주문하고 따로 받았다. 그 말인즉 우리 주방으로 들어오는 유제품은 겨우 전식과 본식에만 쓰이던 유제품이라는 뜻이다.

일을 시작한 지 얼마 되지 않은 어느 날 아침, 조리복으로 갈아입고 주방 기기들을 작동시킨 뒤 냉장고를 살피는데 유제품 회사에서 배달이 왔다. 배달원이 나른 식자재로 금세 조리대 위가 가득 찼다. "우유 1리터 열 팩 세 묶음, 크림 1리터 열 팩 네 묶음, 버터 500그램 열 개. 맞네요." 셰프가 주문서와 제품을 확인하는 동안 냉장고와 창고에 차곡차곡 유제품을 정리하던 나는 문득 궁금해져 동료에게 물었다. "유제품 회사가 꽤 멀리 있나봐? 이렇게 미리 많이 주문해두는 걸 보면." 그러자 동료는 뚱한 표정으로 답했다. "많다니? 이건 길면 10일 보통은 일주일도 안 돼서 다 없어지는 양이야. 안 그래도 왜 이렇게 빠듯하게 주문했나 어이없던 참인데 무슨 소리하는 거야?"

레스토랑에서 일하는 동안 나는 어마어마한 양의 수프, 소스, 크림, 그라탱, 구이 등을 만들었다. 샐러드를 제외하곤 유제품이 들어가지 않는 요리가 없었다. 아! 그러고 보니 샐러드에도 자주 치즈가 들어갔다. 평소 집에서 프랑스 요리를 할 땐 눈치채지 못했다. 한두 명이 먹는 양에는 버터나 크림을 넣어도 찔끔 몇 그램을 넣었을 뿐이니까.

요리사로 일을 시작하고는 단위 수가 다른 레스토랑의 유제품 사용량에 질겁했다. 겨울 점심 서비스의 단골 전식 메뉴인 수프를 끓일 때면 커다란 솥에 크림과 우유를 말 그대로 '콸콸' 부었다. '사람들 이러다 병나는 거 아닐까' 싶어서 우유나 크림을 한 팩 정도 평소보다 덜 넣은 적도 있는데, 한 입 맛본 셰프가 "맛있긴 한데, 우유 한 팩만 더 넣어봐" 하고 바로 눈치채는 게 아닌가. 이 멘트는 "맛있긴 한데, 소금 한 스푼만 더 넣어봐"와 함께 셰프의 단골 멘트 양대 산맥을 이뤘다.

언젠가 프랑스에서 버터 파동이 일어난 적이 있다. 프랑스 내 버터 생산량은 줄어들었는데 중국 등 해외 수요가 크게 늘어나면서 버터 가격이 폭등해버린 것이다. 마트의 커다란 버터 코너에도 냉장고가 텅텅 비었고, 그나마 열댓 개 값비싼 버터만 남아 있었다. 냉장고 문에 파업으로 버터 유통이 어려우니 당분간 양해를 구한다는 안내문이 붙어 있었는데, 그 앞을 서성이던 사람들의 얼굴을 잊지 못한다. 평소보다 값이 두 배는 뛰어버린 비싸고 귀한 버터님을 들었다 놓았다 하며 슬픔과 불안함이 감도는 씁쓸한 얼굴을.

환경에 관심을 가지면서 '언젠가는 비건이 되어야 할 텐데'라는 생각을 수백 번은 했다. 그렇지만 내가 비건이 될 수 없다고 생각한 수많은 이유 중 가장 큰 이유는 유제품, 특히 버터 때문이었다. 여기까지 와서 프랑스 요리를 배웠고, 프랑스 레스토랑에서 일했으며, 또 앞으로도 프랑스 요리를 하며 먹고 살아갈 내가 비건이라니. 누가 봐도 말이 안 되는 일이었다. 베지테리언까지는 할 수도 있으리라 생각했다. 평소에도 고기를 그렇게 좋아하는 편이 아니었고 어차피 프랑스인들도 고기가 아닌 버터와 크림이 듬뿍 들어간 소스 맛으로 요리를 즐긴다고 생각했으니까.

그런 내가 어느 날 갑자기 비건이 되었다. 따지고 보면 갑자기는 아니었다. 서서히 그리고 천천히 나는 비건이 되지 않으면 안 될 상황으로 걸어갔다. 지금까지 살면서 내가 다짐했던, '자, 오늘부터 난 ○○을 하겠어(가 되겠어)' 중 가장 힘들었던 일이다. 홀로 채식을 한다는 것 자체도 어려웠지만 무엇보다 주변의 시선과 수없이 쏟아지는 질문을 감당하며 유혹과 의심을 이겨내야 했기 때문이다.

특히 프랑스에선 고기를 끊는 것보다 유제품을 끊는 것이 훨씬 어렵다. 버터를 제외하더라도 프랑스인들의 유제품 사랑은 상상을 초월해서 우유, 크림, 치즈, 요거트를 정말 매일 쉬지 않고 먹는다.° 그러다 보니 전통어린 유제품도 정말 많아서 비건이 되면 주위의 적대적인 시선을 받을 때가 많다. 마치 건드려서는 안 될 아주 예민한 폭탄 주위를 맴도는 기분이라고나 할까.

유럽에선 개인주의가 잘 발달해 있어 서로의 식생활과 가치관을 존중하려고 노력하는 편이다. 프랑스도 마찬가지다. 하지만 '버터의 나라'에서 비건, 즉 '유제품을 거부하는 사람' 혹은 더 나아가 '유제품에 반대하는 사람'으로 살아간다는 건 생각보다 꽤 무시무시한 일이다. 만약 내가 이 책을 프랑스에서 출간했다면 저주가 가득 담긴 편지를 받을지도 모른다.

게다가 난 프랑스 요리사다. 시작도 유지도 쉽지 않다. 그럼에도 불구하고 내겐 '당연한 시작'이 있었다. 이제부터 그 시작에 대해 이야기를 하려고 한다.

° 프랑스의 1인당 치즈 소비율은 세계 1위이다.

차별 속에 사는 이의
차별 이야기

"복숭아와 토마토 그리고 바질을 제대로 한 스푼에 담아 함께 먹어보세요. 새로운 맛이 느껴지지 않나요?" 요리하는 맛은 이런 곳에서 온다. 각 재료의 독특한 맛들이 함께 어우러지면서 듣도 보도 못한 새로운 맛으로 다가올 때. 어느 맛 하나가 다른 맛을 누르거나 묵살하는 일 없이 모두 모여 차별 없는 하나의 맛이 탄생하는 순간, 요리하는 인간으로 살아감에 감사한다.

2010년 여름, 프랑스로 향하는 비행기에 처음 몸을 실은 뒤로 속으로만 두려움과 슬픔을 삼키는 날이 조금씩 늘었다. '나'라는 존재 자체가 시선을 끌고 구분을 짓게 만든다는 것이 어떤 의미인지 그전에는 잘 알지 못했다. 한국에서 나는 여성이라는 구분선 외에 특별히 눈에 띄는 점이 없었다. 어딜 가던 배경 속에 스르르 녹아내리는 사람이었고 성격도 조용한 편이어서 주목받는 일이 없었다. 어느 모임에 속하건 "그런 애가 있었나?"라는 말을 듣는 사람이었을 것이다. 그런 내가 갑자기 '외국인 여성 노동자'가 되었다.

프랑스에 발을 딛는 순간 내 주변엔 나를 닮은 사람보다 나보다 키가 크고 피부색이 엷거나 짙은 사람이 더 많았다. 주목받는 걸 두려워하던 사람이 어딜 가도 크고 작은 시선을 느끼기 시작했다. 좋냐 나쁘냐를 떠나, 나를 향한 시선을 빈번하게 받으면서 살아가는 일은 생각보다 정말 유쾌하지 않았다. 특히 노동자라는 위치에 서야 할 때면 내가 이곳에서 어떤 '계층'에 속해 있다는 느낌이 강하게 다가왔다. 평소엔 주위 사람들과 거리낌 없이 살다가도 어느 순간 내가 '외국인 여성 노동자'임을 인지하게 만드는 일이 벌어지곤 했다. 그런 경험이 쌓이면서 우울증 비슷한 증상을 겪기 시작했다.

나의 계층을 확인하는 첫 사건은 본격적으로 일을 시작하기도 전에 일어났다. 파리에서 요리 학교를 졸업하고 남쪽으로 내려와 첫 취업을 위해 며칠간의 테스트 근무를 마쳤다. 그런데 사장이 계약 및 연봉 협상 자리에서 나에게 사인하라며 내민 서류 내용이 아무래도 의심스러웠다. 지금은 남편이 된 당시 남자 친구에게 보여주니 '헛웃음밖에 나오지 않는 계약 조건'이라고 했다. 창피했지만 억울하게 계약하기는 싫었기에 그와 함께 사장을 만나러 갔다. 내가 '프랑스인 남성'과 등장하자 멀리서부터 새하얗게 질리던 사장의 얼굴을 분명히 기억한다. 얼굴과 자세를 고쳐 앉던 그 찰나의 몸짓, 계약 당사자인 나를 두고 자꾸만 남자 친구의 눈치를 살피던 그의 분주한 눈동자는 계약서에 새로 찍힌 연봉 숫자보다 더 아프게 남았다.

이런 시작 때문인지 나는 더 악착같이 일했다. 그들이 내심 정한, 나의 계층에 맞지 않는 높은 연봉을 받고 있다는 불편함을 느꼈다. 그래서 손목이 망가져버릴 정도로 힘든 일을 마다하지 않고 해냈다. 덕분에 점점 주변의 인정을 받아 세컨드 셰프 자리까지 맡을 수 있었다. 연봉은 크게 달라지지 않았지만 노동 시간은 완전히 달라졌다. 메인 셰프가 내게 일을 모조리 맡기고 마음껏 휴가를 떠나기 시작한 것이다. 그가 떠나고 내가 잠시 메인 셰프 자리를 맡은 몇 주간, 나는 손목 통증과는 또 다른 종류의 통증을 겪어야 했다.

프랑스에서는 단골이나 사장의 지인 등 손님들이 식사를 마치고 주방에 들어와 요리사에게 감사를 표시하는 문화가 있다. 그들은 자연스럽게 주방에서 나이가 가장 많아 보이는 '프랑스인 남자' 동료에게 다가가 "당신이 이번 주 셰프인가요?" 하고 웃으며 말을 건넸다. 그럼 동료는 당황하며 나를 가리켰고, 손님은 어색하게 말을 얼버무리며 후다닥 주방을 나가버렸다. 가끔 농담이랍시고 "오 이런 젊은 여성분이라고는 생각을 못했네요" 혹은 "아 그럼 이번 주는 아시안 메뉴가 콘셉트인가요" 같은 아무 말 대잔치를 벌이기도 했다.

나를 '셰프'라고 생각하고 먼저 다가온 이는 단 한 사람도 없었다. 그래서인지 아직도 세컨드 셰프로 일했다고 소개하는 것이 어색하다. 열심히 일해서 얻어낸 자격인데도 그렇다. 다른 이를 향하던 존경어린 시선이 나를 향한 당황스런 눈빛으로 변하던 경험들이 내 앞에 선을 그었고 나는 아직도 그 선을 넘지 못했다.

태연한 척했지만 자주 괴로운 밤을 보냈다. 많은 이를 원망했다. 왜 나를 그저 나로 봐주지 않을까. 왜 나를 그렇게 함부로 대할까. 왜 나도 같은 사람이라는 걸 알아채지 못할까. 왜 나도 감정이 있고 고통을 느끼는 존재라는 걸 잊어버리는 걸까. 프랑스에 와서 '종'으로 선을 긋는다는 것이 얼마나 무서운 일인지 알아버린 셈이다. 상대방에게는 단 한 번의 선일뿐이지만 당하는 이에겐 그 선들이 모이고 모여 벽이 된다.

그러던 어느 날 나도 어떤 생명에게 선을 긋고 벽을 친다는 사실을 깨달았다. 벽을 넘을 기회조차 완전히 삭제하는 일에 기꺼이 동참해온 것이다. 프랑스에서만 초당 서른다섯

번, '가축'으로 불리는 생명들이 아무 소리도 내지 못한 채 사라진다. 그리고 그들 중 80퍼센트 이상의 생명들은 평생을 벽 안에 갇혀 지내다 도축장으로 향한다.

전에는 나도 그런 사실에 무감각했다. 어마어마한 미국식 공장형 농장에 비해 프랑스에서는 초원에서 풀을 뜯는 소들을 심심찮게 만날 수 있었기에 그들이 나름 '계층'에 비해 나은 대접을 받으며 산다고 생각했다. 그렇지만 정확한 수치를 찾아보고 깜짝 놀랐다. 프랑스인들이 매년 1인 평균 87.5킬로그램의 고기를 섭취한다(2018년 기준)고 하니, 저 푸른 초원 위의 소 몇 마리로는 절대 감당할 수 없는 것이다.

내가 차별을 당했노라고 억울함을 호소하고 원망할 자격이 있는 걸까. 무슨 권리로 그들의 삶에 비해 훨씬 편안한 삶을 살면서 '너는 동물이니까, 우리가 맛있게 먹기 위해 태어난 생명'이라고 여기며 살았던 걸까. 부끄러웠고 부끄러워야 했다. 더 일찍 그들의 눈을 바라보지 못한 걸 후회했다. 프랑스에서 나는 차별을 당할 때마다 어떻게든 그것이 내게 고통으로 다가옴을 알리려고 노력해야 한다는 걸 배웠다. 목소리를 내고, 글을 쓰고, 하다못해 차별의 자리를 회피함으로써라도 나의 고통을 드러냈다. 그것이 당장 어떤 결과를 가져오지 못할 수도 있지만 최소한의 표현을 통해 그나마 숨이 트이는 걸 경험하기도 했다.

그런데 지금 이 순간에도 계속해서 사라지는 생명들은 평생 자신의 고통을 드러내지 못한다. 아니, 드러내어도 그 고통은 벽 너머의 존재들에게 가 닿지 않는다. 프랑스에 와서 가장 나를 상처받게 했던 말. "너는 동양인, 그러니까 외국인이잖아. 네 주제를 알아야지" 하는 말보다도 더 무서운 "너는 동물, 그러니까 가축이잖아. 네 주제를 알아야지" 같은 말을 내뱉는 사람. 그게 나였음을 그동안 왜 모른(척 한) 채 살았을까.

레스토랑을 그만두기 전 노동 상담소를 찾은 적이 있다. "그만둘 때 그만두시더라도, 지금까지 해온 노고에 대한 정확한 대가와 업무상의 상해 보상도 분명히 요구하셔야 합니다." 내가 머뭇거리며 외국인이 그런 것까지 요구하면 제대로 퇴사 처리를 안 해준다는 이야기를 들은 적이 있다고 하자 상담원이 나를 물끄러미 바라보더니 담담하게 말했다. "작성하신 노동 계약서 그 어디에도 당신이 외국인이라고 프랑스의 노동법을 어겨도 된다는 내용은 없습니다. 일했으니 대가를 받고 다쳤으니 치료를 받아야 하는 건 누구에게나 동일한 조건이에요. 요구하세요."

그는 아마 나와 비슷한 상황의 외국인에게 또 여성에게 이와 같은 말들을 반복적으로 해주었을 것이다. 그러나 난 프랑스에서 처음으로 내가 그들과 같은 사람이라는 느낌을 받았다. 항상 연약한 어린아이를 대하듯 내려다보는 듯한 말투와 시선을 느끼며 살다가 "요구하세요"라는 문장을 당연하게 말하는 이와 함께 앉아 있던 자리. 적어도 그 순간만큼은 마주 앉은 나와 그가 같은 사람으로 여겨졌다.

외국인, 여성, 동물로서 차별을 당하는 이들은 다시 태어나는 방법 말고는 벗어날 길 없는 존재의 고통을 겪는다. 하지만 나를 차별하는 그들과 동물을 차별하는 내가 할 수 있는 일이 있다. 바로 차별을 멈추는 것이다. 차별받는 사람으로서 느끼는 '차별 없음'의 한순간, 한 존재의 크기는 어마어마하다. 내가 할 수 있는 일은 그것이다. 할 수 있는 일을 하는 것 말이다.

그릇이 가득 차면

    남편은 몇 년 전 오랫동안 피우던 담배를 하루아침에 끊었다. 아니, 하루아침에 끊은 듯 보였다. 내가 신기해하며 네가 그렇게 의지가 강한 사람인 줄 몰랐다고 하니, 그는 이건 의지의 문제가 아니라 언제 흘러넘칠지를 가늠하는 판단의 문제에 가까웠다고, 홀가분한 표정으로 덤덤히 말했다.

    지금은 그만두었지만, 그는 한참을 구급대원으로 일했다. 수년간 매일 응급 환자들을 마주하면서 나이나 성별에 상관없이 폐 질환 및 각종 합병증으로 고생하는 사람들을 수없이 봐왔다. 그는 매일같이 메시지를 받은 셈이다. '당신도 내일 당장 이 병상에 누울 수 있다'라고. 그는 어쩌면 자신의 미래가 될지도 모르는 사람들의 모습과 매일 마주하다가

'정말 이대로는 흘러넘칠지도 모르겠다'고 판단했고, 어느 날 "오늘 이 담배가 내 마지막 담배야" 하는 선언과 함께 정말로 담배를 끊었다.

나는 그를 독한 사람이라고 놀렸다. 정확히는 모르지만 담배를 끊는다는 게 얼마나 힘든 일인지는 여기저기서 보고 들었기에 그랬다. 한 친구는 금연을 평생 매 끼니마다 식사 후에 바로 설거지를 말끔히 해치우는 것처럼 어렵다고 표현했다. 무척 지난한 싸움이라는 걸 가늠할 수 있었다.

그로부터 몇 년 뒤, 이번엔 내가 동물성 식품을 끊겠다고 선언했다. 직접 부딪혀보니 그의 말이 맞았다. 내가 독해서 비건이 된 것이 아니라 단지 흘러넘치기 전에 그만하자고 판단했을 뿐이었다. 환경을 생각한다며 각종 세제 대신 비누하나로 살림을 하면서도 케이크와 초밥은 행복한 얼굴로 먹었다. 두 가지 일이 다른 영역이라고 생각했다. 하지만 어느날 비건 책 한 권을 읽은 뒤 내 행복에 생각보다 많은 문제가 얽혀 있다는 걸 알아버렸다.

앞의 책을 천천히 소화하던 중 우연히 여행지에서 그 지역 특산물인 치즈를 먹은 날이 있었다. 그런데 너무 맛이 없었다. 아니 애초에 배가 고프지도 않은데 유명하다고 무심코 주문한 게 잘못이었다. 너무할 정도로 입에 맞지 않았던 치즈를 앞에 두고 난 "이제 이런 짓 그만할래"라고 말했다. 나는 책 한 권과 맛없는 치즈 한 조각에 비견이 될 만한 그릇은 못 된다. 그렇게 의지가 강하고 주관이 분명한 사람이 아니다. 대신 내 그릇이 작아서 한 방울 한 방울씩 모여든 물이 일찍 흘러넘쳤을 뿐이다.

어릴 적 난 온갖 동물들에 둘러싸여 살았다. 시골 주택 마당 한구석에 묶여 있던 진돗개 두 마리, 남은 밥을 가끔 주자 우리 집에 눌러 살던 고양이 가족, 큰 닭장에 모여 살던 닭, 오리, 토끼, 심지어 거위까지. 게다가 산 중턱이어서 그런지 새도 많이 찾아왔고, 가끔은 뱀도 나왔고, 우물엔 물고기와 개구리도 아주 많았다. 뱀은 조금 무서웠지만 다른 동물들은 다 좋아했다.

특히 고양이를 좋아해서 하교하자마자 고양이부터 찾아다니며 예뻐했다. 닭장에 들어서면 마구 소리 질러 대는 거위와 시끄럽게 날아다니는 닭들 때문에 조금 움츠러들긴 했지만 그래도 귀엽다고 쪼그려 앉아 바라보는 날들이 많았다. 그렇게 오후 내내 동물들을 쓰다듬으며 놀았는데, 저녁상에 올라온 고기는 이상하게 별 거부감 없이 잘도 먹었다. 동물은 동물, 고기는 고기, 다르다고 생각하며 살았으니까.

그런데 어느 날 우리 집 진돗개 한 마리가 대형 사고를 쳤다. 워낙 힘이 센 아이라 아무리 튼튼한 목줄로 묶어두어도 금세 끊어버리고 집을 나가 옆집 흑염소를 물어 죽인 적도 있었다. 덕분에 엄마는 동네 철물점이란 철물점은 다 다니면서 가장 튼튼한 목줄을 찾고, 심지어 제작 의뢰하기까지 했다. 곰도 잡아둘 수 있을 거라는 철물점 아저씨의 자부심이 담긴 목줄 덕에 한동안 잠잠하다 싶었는데, 녀석은 다시 목줄을 끊고는 뒷마당 닭장을 뚫고 들어가 그 안의 모든 가축을 죽이고 말았다.

나는 허망한 소식을 듣고 무척 슬펐지만 또 어쩔 수 없다고 생각했다. 우스운 건, 어린 나이였음에도 불구하고 '그럼 저 닭이랑 오리 들을 언제 다 먹지?'라고 걱정했다는 거다. 그런데 부모님은 그 동물들을 하나도 먹지 않고 다 묻어주었다. 부모님이 무척 좋아하던 녀석들이라 키우던 동물은 먹고 싶지 않다고 말해서서 조금 놀랐다. 나도 동물을 좋아하지만 가축이 죽으면 먹는 게 당연하다고 생각했으니까.

한 생명을 사랑하고 그의 명이 다했을 때 먹지 않고 묻어준다는 것. 개나 고양이를 묻어주는 건 당연하다고 생각했으면서, 가축도 묻어줄 수 있다고 생각하지 못했던 것이 충격으로 다가왔다. 부끄럽지만 나에게 그날의 기억은 태어나서 처음으로 '가축=음식'이라는 공식이 꼭 성립하진 않는다는 걸 깨달은 날로 남았다. 그때 부모님은 어린 나에게 처참히 공격당한 가축들의 모습이나 그들을 묻어주는 장면은 보여주지 않으셨다. 만약 괴롭더라도 함께 그들을 묻어주었더라면 나는 그날 이후로 고기 먹기를 거부했을까? 어쩌면 더 일찍 비건이 될 기회였을지도 모른다. 아쉽다.

몇 년 뒤 우리 집은 아파트로 이사했고 가축도 더는 기르지 않았다. 한참 시간이 흐르고, 난 노르웨이의 한 농가에서 다시 가축과 마주했다. 남편과 농장 일을 거들어주고 숙식을 제공받는 프로그램을 체험했는데, 양 떼 목장이었다. 덩치도 크고 옆에서 챙겨야 할 일이 아주 많아 보이는 소가 아니라, 작고 귀여운 양을 소규모로 기르는 곳이니 할 만하겠다 싶었다. 노르웨이 시골에서 잠깐이나마 양치기 소년 소녀가 되어볼 생각에 살짝 들뜨기도 했다.

생각대로 양은 작고 귀여웠지만 노동의 강도는 결코 적지도 만만하지도 않았다. 아무리 숫자가 적어도 생명을 다루는 일인데 왜 쉽다고 생각했을까. 양들은 차도 건너 이웃집 마당에 풀을 뜯으러 가면 이웃집 아저씨가 사냥총을 들고 뛰쳐나와 위협한다는 걸 모른다. 몇 달에 걸쳐 일일이 곧은 나무를 찾아 베어 울타리를 열심히 만들어두지 않으면, 어디로 가야 할지 모른다. 양들은 수영장만 한 구덩이에 쌓인 배설물을 삽으로 퍼낼 일이 없도록, 화장실 변기에 앉아서 볼일을 보는 법도 모른다.

하루는 목장 주인에게 조심스레 물었다. 당신도 양들도 이렇게 힘든 일을 어떻게 계속하는 거냐고. 그는 조금 쓸쓸하게 웃으며 대답했다. "우린 소규모라 그래도 아픈 양을 따로 격리해서 보살펴줄 수 있고, 최대한 학대를 하지 않고 털을 깎아줄 수 있어. 저 멀리 대규모 목장에 가면 차마 눈 뜨고 못 봐. 수백 명의 아기를 보모 한 명이 돌봐야 한다고 생각해봐." 한 사람당 양 한 마리씩 기를 게 아니라면 이런 과정을 피할 수 없다는 것이 그의 입장이었다.

그에겐 미안하지만, 내 눈엔 작은 목장의 양들도 그다지 행복해 보이진 않았다. 접종을 목적으로 새끼 양을 어미에게서 떼어둬야 했고, 겨울에는 따뜻하지만 비좁은 건물 안에서 제대로 움직이지도 못하고 자신들의 배설물과 함께 지냈으니까.

기이하게도 무엇보다 인간이 사용하기 위해 기르는 생명이라는 사실 자체가 많이 불편했다. 낮에는 "아이고 귀엽다~"하면서 새끼 양을 쓰다듬던 손으로 저녁엔 양고기 스튜를 먹었다. 작년에 잡아 얼려둔 양고기란다. 힘든 노동을 마치고 허겁지겁 식사하는 우리를 보며 목장 주인은 뿌듯하게 웃었다. "맛있지? 많이들 먹어. 영양 보충을 잘해야 내일 또 열심히 양들이랑 일하지." 갑자기 컥컥하고 가슴을 두드렸던 이유는 다음 날 노동에 대한 두려움 때문이었을까, 아니면 이 이상한 순환 속에서 정신이 아득해졌기 때문일까.

평소 마트에서 '풀어 키운 닭', '동물 복지 ·인증 소고기'

같은 문구가 적힌 제품을 만나면 장바구니에 좀 더 수월하게 담곤 했다. '잘 먹고 잘살았으니까 이 정도면 호강한 가축'을 소비하는 일이 은근히 뿌듯하기도 했다. 그런데 양 떼 목장에서는 아니었다. 분명 오늘 한 노동에 맞는 합당한 대가로 저녁을 먹는데도 입안이 깔깔했다. 노르웨이는 땅이 척박하고 겨울이 길어서 채소 농사를 짓기 어려운 환경이다. 자연스레 낙농업이 발달할 수밖에 없고 전통 문화로서 자리 잡아 지금껏 이어진 것이다. 목장 주인의 표현처럼 살아가기 위해 '어쩔 수 없는 일'이라고 생각할 수도 있다.

얼마 후 동물을 목적에 맞게 기르고 관리해서 먹고 입어야 하는 것이 '어쩔 수 없는 일'이 아닌, '선택할 수 있는 일'인 나라 프랑스로 돌아왔다. 프랑스도 낙농업이 오랜 전통과 문화로 이어졌지만, 비옥한 땅과 알맞은 사계절을 지닌 풍요로운 곳이다. 작은 텃밭이 심심찮게 보이고 마트에만 가도 선택할 수 있는 농작물 종류가 어마어마하다. 나는 조금 혼란스러워졌다. 노르웨이에서는 땅과 기후가 험해서 채소를 구하기 힘들다는 핑계 덕분에 고기를 먹어도 죄책감을 덜 수 있었는데, 신선하고 다양한 채소와 과일이 넘쳐흐르는 곳에서 고기를 먹으려니 뭔가 이질감이 생긴 것이다.

언젠가부터 마트에서 큼지막한 고기를 집을 때마다 잠시 멈칫하곤 했다. 생명의 죽음을 안타까워하기에 앞서 어떻게 먹을지를 걱정하던 어린 시절의 내가 생각나고, 노르웨이 양 떼 목장과 그보다 더 열악한 곳에서 나 대신 고된 일을 견뎌내며 고기를 생산할 다른 사람들의 모습이 생각나고, 노동자들보다 훨씬 더 나쁜 대우를 받으며 살아갈 생명들이 생각났다. 이 모든 걸 다 잊고 계속해서 고기를 먹으며 행복할 수 있을까.

이런 물음에 결정적 한 방이 되어주었던 책이 김한민 작가의 『아무튼, 비건』이다. 내 그릇 안에 충격과 죄책감이 아슬아슬하게 차올랐을 무렵, 쓰나미를 일으키기에 충분한 내용의 책을 만난 것이다. 동물을 '타인'이라 칭하며 근본적인 질문을 던지는 이 책 앞에서 나는 비건이 되지 않고는 견딜 수 없었다.

나는 아직 다른 이들에게 함께 비건이 되자 대 놓고 권유하지는 못한다. 아무리 옳고 충격적인 이야기를 들어도 다음날 소고기 스튜를 만들어 먹던 나를 기억하기 때문이다. 대신 환경이나 동물, 채식과 건강 같은 질문들을 품고 사는 이들의 그릇에 천천히 한 방울씩 내가 경험한 이야기를 담아주고 싶다. 언젠가 그들도 인생에서 멋진 한 방을 만났을 때 마음이 가는 대로 휩쓸려 닿기를 바란다.

편식과 취향 사이

지난번 친구네는 얼룩소 박물관이었다. 현관 열쇠 걸이부터 화장실의 변기 솔까지 검은 얼룩무늬가 뭉게뭉게 퍼져 있었다. 얼룩소 꼬리 모양의 손잡이가 달린 머그컵에 차를 따르고, 소 목에 거는 종 모양 티스푼으로 휘저을 때까지는 재밌다고 생각했지만, 핑크색 얼룩소의 속눈썹이 그려진 케이스에서 각설탕을 꺼낼 땐 충격을 받을 수밖에 없었다.

그래서 시어머니가 테디 베어를 모은다고 들었을 때 놀라지 않을 마음의 준비를 했다. 다행히 얼마 뒤 방문한 시댁에는 테디 베어 모양 변기 솔도 설탕통도 보이지 않았다. 하지만 활짝 웃는 곰이 그려진 티셔츠를 입고 내 앞에 앉으신 시어머니 뒤로 병풍처럼 진열장이 펼쳐져 있었고, 수백 개의 커다란 눈동자가 나를 내려다보았다. 귀여운 테디 베어도 무리를 이루니 그 앞에서 저절로 고개가 숙여졌다.

늘 어깨를 당당하게 펴고 계신 시어머니는 수백 명의 테디 베어 군사를 거느린 장군님 같았다. 거실의 모든 벽을 전시용 선반이 차지했음에도 불구하고, 어머님은 매주 일요일 골동품 시장에 가셔서 새로운 테디 베어(내 눈에는 다 똑같아 보였지만)를 만족스럽게 찾아오는 게 취미라고 하셨다.

신기하게도 내가 만난 대부분의 프랑스인은 수집에 열정을 보였다. 그들은 물건을 통해서 자신의 취향을 분명하게 드러냈다. 한국에선 '○○덕후'라고 불려도 이상하지 않을 만큼 많이 그리고 자유롭게 수집하는 모습이 인상적이었다. 수집에 대한 취미가 너무 과하지 않다면 오히려 권하는 분위기 역시 신선했다. 무언가에 몰두하고 애정을 느끼는 건 나쁠 게 없다며, 아이들을 교육할 때도 고유의 취향을 존중하는 모습에서 한국과는 다른 느낌을 받았다.

취향의 권유는 자연스레 식탁에서도 이루어진다. 내가 어릴 적 식탁에서 가장 자주 들었던 말은 "골고루 먹어야지"였던 것 같은데, 놀랍게도 프랑스에선 들어본 적이 별로 없다. 아이들 대부분이 자신이 싫어하는 식자재나 음식을 여러 개 나열할 수 있다. 부모들도 아이가 너무 한 음식만 찾거나 몸에 나쁜 음식만 골라서 먹는 듯하면 지적하지만, 싫어하는 것을 아이에게 굳이 먹이려고 하지 않는 편이다.

다만 취향은 습관으로 굳어지기도 한다. 한번 어떤 음식을 먹었을 때 그 음식이 무척 별로였다면 평생 다시 먹지 않으려는 경우를 자주 목격했다. 처음 시댁에 초대받았을 때 생긴 웃지 못할 일이 있다. 며칠 동안 시부모님과 지내면서 맛있는 음식을 많이 대접받아, 감사의 표시를 하고 싶어서 남편과 함께 저녁을 만들기로 했다. 그런데 장을 보면서 장바구니가 쉽게 채워지지 않았다. "나랑 아버지는 둘 다 멜론을 안 먹어. 그리고 난 해산물도 안 먹고, 엄마는 매운 음식을 잘 못 드셔. 참! 아버지는 향신료를 그다지 좋아하지 않으시고, 샐러드도 별로 즐기지 않으셔."

당황스러웠지만 내 가족들도 각자 좋아하고 싫어하는 음식이 있으니 이해할 수 있었다. 그렇지만 메뉴를 정하는 게 무척 어렵긴 했다. 시간이 많이 흘러 그의 가족뿐 아니라 대부분의 프랑스 사람들은 자신만의 확고한 음식 취향이 있다는 걸 알았다. 그래서 식사 초대 시 상당히 까다로운 그 부분을 잘 확인해 메뉴를 정하곤 했다. 한국이나 프랑스나 자신만의 음식 취향이 있다는 사실은 같을 텐데, 왜 이곳에서만 유독 이렇게 골치가 아픈 것일까 고민해보았다.

난 평소에 반찬을 만들어두는 편이 아니지만, 가끔 먹고 싶은 반찬이 생기면 양을 잔뜩 만들어서 아껴 먹곤 했다.

한번은 남편이 혼자 저녁을 먹어야 해서 출근길에 '냉장고 열어보면 반찬이 있을 거야. 꺼내서 밥이랑 먹어'라고 문자를 보냈다. 그날 밤늦게 퇴근해서 야식으로 비빔밥 먹을 생각에 신났던 나는 냉장고를 열자마자 주저앉아 버렸다. 일주일은 두고두고 먹으려 했던 큰 반찬통 하나가 통째로 사라져 있었던 것이다. "파프리카 볶음 맛있더라. 조금 짜긴 했는데 네 말대로 밥이랑 먹으니까 괜찮더라고." "이거 한 통을 다 먹은 거야? 여기 다른 통에 든 김치랑 무 조림은 왜 손도 안 댔어?" "아 그건 너 먹어야지~ 오면 배고파할 것 같더라고. 이 중에 하나 골라 먹으란 말 아니었어?"

나는 프랑스에 오기 전 프랑스 식탁 문화에 대해 환상을 품고 있었다. 이곳 사람들은 매일 아페리티프apéritif(핑거 푸드와 식전술), 전식, 본식 1(생선), 본식 2(고기), 디저트 등의 식사를 3시간 동안 할 거라고 말이다. 물론 손님이 오거나 레스토랑에 가면 보통 이 코스로 길게 식사를 한다. 그런데 아무리 이곳 사람들이 느긋하더라도 매일 저녁 식탁에 3시간 동안 앉아 있지는 않는다. 그리고 매일 그렇게 거창한 음식을 할 여유를 가진 사람도 거의 없다.

일반적으로는 간단한 전식(샐러드), 본식(생선 혹은 고기와 곁들임 채소), 치즈, 디저트(요구르트 혹은 크림) 코스로 먹는다. 그런데 샐러드라고 해도 보통 상추 비슷한 채소를 씻어서 소스를

뿌려 먹고(정말 아무것도 더하지 않고 상추와 소스, 이것이 전부다), 본
식에도 고기 한 덩이와 감자 구이 혹은 한 가지 채소 볶음 정
도를 먹는다. 한국처럼 한 끼 식사 안에 다섯 가지 이상의 식
자재가 골고루 섞여 나오는 경우는 일반적인 프랑스 가정식
에서 드문 편이다.

　　그러니까 그날 남편은 내가 일주일간 함께 먹으려고 정
성껏 만들어둔 서너 가지의 반찬을 보고 '접시에 조금씩 덜
어서 골고루 먹어야지'라는 생각을 할 수조차 없었던 것이
다. 요즘도 남편은 세 가지 이상의 반찬이 담긴 접시를 식탁
에 놓으면 세상에서 가장 황송한 대접을 받는 것 같다고 말
한다. 그는 나를 만나고 함께 식탁에서 보내는 시간이 늘어
가면서 싫어하던 음식도 조금씩 찾아 먹기 시작했다. 난 그
이유를 다양성에서 찾는다.

　　그의 취향 혹은 편식을 바꿔준 것은 나의 요리 솜씨보다
는 다양성이었다. 매일 여러 종류의 반찬을 만드는 것은 엄
청난 창의력을 요구한다. 계절이 확 바뀌지 않는 이상 냉장
고에는 늘 비슷한 식자재가 들어 있기 마련이라, 매일 같은
조리법으로 요리하면 식탁 위의 모두가 질려버리기 십상이
다. 그러니 같은 재료라도 튀겨도 보고, 무쳐도 보고, 지져도
보고, 쪄보기도 하면서 여러 방식과 조합을 활용하는 수밖
에 없다.

남편은 살면서 접시에 자신이 싫어하는 음식이 담겨 나오면 무척 괴로웠다고 한다. 고기 한 덩이와 삶아 버무린 브로콜리만 나올 때 아무리 고기를 좋아해도 브로콜리가 싫으면 식사가 버거울 것이다. 다행히 그는 요즘 반찬으로 나온 음식이 평소 싫어하는 재료여도 한번 먹어본다. 또, 어릴 적 대파 그라탱(삶은 대파에 버터와 우유와 밀가루를 섞은 베샤멜소스를 부어 오븐에 구운 요리)을 먹어보고는 너무 입맛에 맞지 않아서 머릿속으로 대파에 엑스자를 그었다고 했지만, 나의 대파 요리를 맛본 뒤로는 대파 철마다 꼭 찾는다.

많은 프랑스 사람들이 비건을 엄두 내지 못하는 가장 큰 이유는 여기에 있지 않을까 조심스레 추측한다. 그들은 비건에 대해 호기심을 가지다가도 평소 자신들이 경험한 식탁의 모습을 떠올리며 머리를 저을 것이다. 식탁에 올라온 음식 중 취향에 맞지 않는 음식을 골라내는 것도 힘든데, 고기나 치즈, 소스까지 빼버리면 도대체 뭘 먹을 수 있을까 싶은 거다. 어떤 프랑스 사람은 비건이라는 말에 나더러 곡물만 골라 먹느냐며 새라고 놀리기도 했다.

'전식으로 샐러드가 나왔구나. 그런데 소스에 마요네즈가 들어가 있네. 그럼 소스 없이 소금만 뿌려서 상추를 우적우적 씹어 먹어야겠구나. 본식은 뭘까. 아! 생선 튀김과 감자볶음이야. 버터 대신 올리브유로 볶은 감자라 먹을 수 있어서 다행이네. 치즈는 당연히 건너뛰고, 디저트로는 뭘 먹을 수 있을까. 저기 아무도 관심을 두지 않아 방치된 말라빠진 사과 한 알 정도로 만족해야겠지?'

이렇게 그려본 식사는 참 비참하게 느껴질 것이다. 보통의 프랑스인들이 생각할 때 그들이 식사 내내 먹을 수 있는 거라곤 물맛 나는 상추, 조금 느끼한 감자볶음, 가족들이 잘 먹지 않아 오래 방치된 사과 한 알뿐일 것이다. 이대로 가다가는 영양을 제대로 섭취하지 못해 쓰러질 수밖에 없는 식탁이다. 실제로 많은 프랑스 사람들이 스스로 비건이 되지 못하는 이유를 설명할 때 위와 비슷한 가정을 늘어놓는다.

그런 걱정 아닌 걱정을 수없이 들을 때마다, 나는 취향 혹은 편식을 부추기는 이곳의 음식 문화에 반발하고 싶어진다. 채소를 싫어하는 아이들을 양산하는 식사 문화를 바꿀 수 없을까. 고유의 취향을 존중하는 것도 좋지만 함께 잘 어울려 먹을 수 있는 방법을 알려주는 것도 중요하지 않을까. 지난 10년간 남편과 함께하면서 식사 방법에 따라 사람의 취향이 바뀔 수 있다는 걸 경험했기 때문에 더 이런 생각을 하는지도 모른다. 성인이 된 뒤에 굳어진 입맛을 바꾸는 것이 어린아이의 입맛을 바꾸는 것보다 쉽지 않을 텐데, 그의 변화를 보았기에 내 다짐에도 힘이 실린다.

싫어하는 채소가 너무 많아서 채식이 힘들다는 사람에

게도 '다양성'을 권하고 싶다. 동물성 식품이 아니어도 식자재와 조리법은 너무나도 다양하다. 딱 한 가지의 재료와 조리법의 조화가 마음에 들지 않았다고 해서 그 재료로 가능한 모든 조리법이 자신의 취향이 아니라고 말할 수는 없다. 세상에 존재하는 수많은 채소와 수만 가지의 조리법을 놓치고 일생을 보내는 건 너무 아쉬운 일 아닐까.

비건은 프렌치가 아니라던데

2017년 초여름, 레스토랑이 가장 바빠지기 시작할 무렵 난 주방을 나왔다. 극성수기를 앞두고 그만둔 나는 아마 몇 달간 동료들에게 짭짤한 안줏거리가 되었을 거다. 함께 일하던 사람들에겐 미안했지만 그래도 레스토랑을 그만두었던 이유는 요리가 싫어져서가 아니라 그곳에서의 내가 싫어져서다. 사장도 동료도 손님도 견디기 힘들 때가 있었지만 가장 견디기 힘들었던 건 점점 마음에 들지 않는 나 자신이었다. 일은 의외로 순조로웠다. 규모가 그렇게 크지 않았던 레스토랑이어서 취업한 지 얼마 되지 않아 예상보다 훨씬 더 일찍 승진했고, 새로운 자리에 적응할 틈도 없이 세컨드 셰프 자리까지 맡았다.

바깥에서 보면 아무 문제가 없었다. 동양인 여성 요리사로서 이만하면 빠르게 자리를 잡았고, 다른 요리사 동료들에 비하면 월급도 나쁘지 않게 받았고, 레스토랑 매출도 함께 성장 중이었다. 그렇지만 내 속은 문드러져 갔다. 직장 문화에 제대로 적응하기도 전에 갑자기 책임이 막중한 자리를 맡아 자주 공포감에 휩싸였고, 직장과 사생활을 분리하는 법을 잘 몰라 매일 불면증에 시달렸고, 늘어난 책임만큼 불어난 근무 시간 끝엔 손목터널증후군과 번아웃증후군이 사이좋게 기다렸다.

이렇게 몸이 힘들 줄 알았고 어느 정도 각오도 했다. 어렵게 배운 요리를 벌써 내려놓기엔 너무 아깝다는 생각으로 악착같이 버텼다. 어차피 이곳에서 버텨내지 못하면 다른 레스토랑에서도 마찬가지일 거라며 나를 다독였다. 뭐가 그렇게 두려웠을까. 나는 이 일이 아니면 아무것도 아니라는 생각. 내 꿈을 이루기 위해선 어떤 곳에도 신경을 돌려선 안 된다는 생각에 빠져 있었다. 그래서 여러 가지 증상들을 내 일과 꿈을 건드리는 신호라고 여기며 강력하게 거부하고 무시했다.

그 어떤 신호 중엔 '환경'이라는 신호도 포함되었다. 집에서는 나름대로 열심히 친환경을 추구했다. 세제 대신 천연비누를 쓰고 일회용 용기 사용을 자제하는 등 노력을 기울

였지만, 그것이 내 일과 연결되는 순간 '친환경'은 금기어가 되었다. 그중에서도 '볼드모트'급 금기어는 바로 '비건'이었다. 버터와 고기를 잔뜩 사용하는 요리사로서는 당연한 선택이었다.

주말엔 가끔 환경 관련 책이나 다큐멘터리를 보기도 했는데, 이 분야의 단골 주제는 육식의 폐해였다. 굳이 각종 통계 수치를 들이대지 않아도, 그저 무시하고 넘길 수 없는 주제라는 걸 알았지만 당장 내가 할 수 있는 일은 없다고 느꼈다. 머리로는 사방에서 위험 신호가 터져 나온다고 생각했지만, 그걸 인정하는 건 결국 내 꿈에 대한 '사망 선고' 같아서 얼른 책장과 화면을 넘길 때도 많았다.

그러다 얼마 후 여러 이유로 직장을 그만두면서 내친김에 집도 없앴다. 남자 친구와 작은 밴을 개조해 살기로 하면서 자연스럽게 우리를 둘러싼 온갖 의무에서 해방되었다. 어쩌면 맹목적인 꿈도 부담스러운 의무들 중 하나였음을 그만둔 뒤에야 알아차렸다. 이제부터 진짜 내가 해 보고 싶은 일을 시도할 수 있었다. 그때 다짐한 것 중 하나가 '프렌치 요리사라는 직업 때문에 시도하기 힘들었던 비건이 되자'였다. 그때까지 난 비건이 되는 건 내가 지금껏 쌓아온 요리 실력이나 지식, 경력을 모두 포기하는 길이라고만 생각했다.

하지만 그런 다짐을 하고 나서도 다양한 이유로 미루고

미루다 2년이 지나서야 비건이 되었다. 그럼 난 이제 프렌치 요리사의 길을 포기해야 하는 걸까? 프랑스에서 요리 공부한 것을 후회해야 할까? 한국에 돌아가서 사찰 요리를 배워야 할까? 얼마 전부터 다시 레스토랑 주방에서 일하고 싶다는 욕구가 생기면서 생각이 더 많아졌다.

주방 일은 정말 힘들었고 특히 조직 문화에 적응하기 어려웠지만, 그래도 요리 학교에서는 배울 수 없는 것도 있었다. 60인분의 수프를 30분 만에 만든다든지 손님이 남긴 접시를 확인하여 메뉴를 다시 구상한다든지 하는 실전 기술과 노하우를 익힐 수 있어서 좋았다. 그걸 다시 손에 익히고 싶어 잠깐이라도 다시 주방에 취직해볼까 싶었던 것이다. 자연스럽게 채식 레스토랑 위주로 구인 공고를 찾아보았다. 그런데 대부분의 채식 레스토랑에서는 '채식 요리 자격증'을 가진 요리사를 원했다. 세상에 프랑스에 채식 요리 자격증이 있다는 것도 놀라웠고, 그걸 몰랐던 나도 놀라웠다.

프랑스엔 자격증의 종류가 어마어마하게 많다. 자격증도 그냥 자격증이 아니라 등급도 나뉘어 있고, 유서 깊은 장인 자격증도 수두룩하고, 요리 관련 국가 자격증 종류도 수십 가지다. 제빵 자격증, 정육 자격증, 심지어 아이스크림 제조 자격증도 있다. 그렇다면 채식 요리 자격증이 있는 것도 당연한 일. 그런데 왜 지금까지 그 존재를 몰랐을까.

사실 이유는 단순했다. 병원 식당처럼 특수한 주방이 아니고는 내가 받은 요리 자격증만으로 충분했으니까. 일반 레스토랑 주방에 취직할 땐 그 밖의 다른 자격증들은 플러스 요소가 될 수는 있어도 필수는 아니다. 그렇지만 막상 채식 요리 자격증의 존재를 보고 나서는 불안했다. 새로 채식 요리 수업을 들어야 하나. 지금까지 내가 쌓아온 요리 경력은 이제 정말 아무 쓸모가 없어지는 걸까. 비건이 되면서 각오했지만 걱정하던 일들이 현실로 다가왔다.

만약에 내가 처음부터, 그러니까 프랑스로 요리 유학을 온 순간부터 비건이었다면 어땠을까. 자연스럽게 채식 요리를 배울 수 있는 학교에 등록하고, 공부하고, 채식 레스토랑에 취직했겠지. 그랬다면 난 지금쯤 비건으로서 할 수 있는 일이 더 많아졌을지도 모른다. 더 많은 채식 레시피를 개발했을 테고, 프랑스에 채식 레스토랑을 하나쯤 더 늘렸을지도 모르겠다. 그러나 이건 가상일 뿐. 난 이제 막 비건이 된 일반 프랑스 요리 경력자일 뿐이다. 그리고 애초에 내가 비건이었다면 프랑스에 요리를 배우러 오지 않았을 가능성이 더 높다.

결국 새로 취직하지 않고 일단 혼자서 채식 요리를 만들어보기로 했다. 이때 한식을 만들 줄 안다는 것이 큰 도움이 되었다. 한식은 고기나 생선이 들어가는 요리도 비슷한 식감의 채소를 사용해 충분히 맛있게 조리할 수 있었다. 특히 유제품이 들어가지 않는 요리가 많아 비건식을 차리는 데 크게 어려움이 없었다. 그래도 매일 한식으로만 식탁을 채우기엔 남편에게 미안했고 프랑스 요리사로서의 자존심이 상하기도 해서 프렌치 비건 요리를 공부하기로 했다.

프렌치 비건 요리라……. 머릿속으로 그림만 그려보아도 이미 멍해졌다. '프렌치에 비건이라니! 너무 안 어울리잖아.' 내가 지금껏 해온 채소 요리라고는 죄 생선이나 고기에 곁들이는 사이드 요리뿐이고, 그마저도 버터나 크림 덕을 보는 레시피들이었다. 고민하던 나에게 남편이 프랑스에서 가장 유명한 비건 요리책을 선물해주었다. 기대에 가득 차 책을 펼쳤다가 쿡쿡 웃어버렸다. 책에 나온 레시피의 절반 이상이 동양풍 혹은 중동풍의 요리였던 것이다. 심지어 김치 담그는 법도 있었다. 프랑스 사람들이라고 해도 비건이 되면 자연스럽게 프랑스 전통 요리와 멀어질 수밖에 없는 건가.

사정이 이러니 집에 손님이 온다고 하면 바짝 긴장했다. 프랑스에는 이국적인 맛을 꺼리는 사람들이 꽤 있기 때문이다. '비건 = 젊은 사람들만의 유행 = 이국적인 음식 = 정통 프렌치 요리에 못 미치는 음식'이라는 정형화된 이미지를 반복하고 싶지도 않았다. 비건식으로도 충분히 맛있고 고급스럽고 화려하고 풍부한 '프랑스' 음식을 만들 수 있다는 걸 보여주고 싶었다. 그런데 어떻게?

비건이 되고 한 달이 채 되지 않았을 때, 친구 집에 초대받은 적이 있다. 그땐 내 입장을 어떻게 해야 할지 갈팡질팡하던 때라 내가 비건임을 미리 밝히지 않고 식사 자리에 갔다. 어쩌지 하다가 최대한 샐러드나 익힌 감자 같은 채소만 골라 먹었는데, 그가 먼저 내가 채식을 한다는 걸 눈치챘다. "진작 말하지. 여기 샐러드 더 있으니까 많이 먹어. 빵은 먹어도 되지? 더 갖다 줄까?" 나름 챙겨주려는 모습이 고마워 눈물이 나려던 그때, 그가 웃으면서 날린 농담에 먹던 빵이 튀어나올 뻔했다. "그런데 너 이제 진짜 프랑스인 되기는 글렀네. 프랑스 요리를 못 먹는 사람이 프랑스에서 어떻게 살아?"

'비건 음식은 프랑스 음식이 아니다.' 프랑스인 대부분이 그렇게 생각한다는 걸 오랜 시간이 지나지 않아 알아 차렸다. 정말 비건이 된다는 건 프렌치 요리사로서 사망 선고가 내려진다는 것과 다름없는 걸까. 그러나 그들에게는 미안하지만, 난 남들이 하지 말라는 건 더 하고 싶고, 아니라고하는 일엔 옳다고 말하고 싶은 고약한 성품을 가졌다. 그날차가운 빵을 우적우적 씹으면서 난 눈을 번뜩였다. '그들이틀렸다는 걸 증명하고 말겠어. 프렌치 요리 그게 뭐 그렇게대단한 거라고.'

한 나라의 음식을 말하는 방법엔 크게 두 가지가 있다.

하나는 기술 또 하나는 토속 재료. 프랑스 음식은 축복받은 토양과 기후에서 자란 풍부한 토속 재료의 초석 위에, 화려한 왕실 문화 속 요리사로부터 전해져온 기술로 단단하고 정교하게 지어진 건축물이다. 난 요리 학교와 직장에서 기술을 배웠고, 지난 10년 동안 프랑스 생활을 하며 토속 재료를 다루고 맛보았다.

내 책장엔 어마어마한 크기와 두께를 자랑하는 프랑스 요리 백과사전이 있는데, 난 그 안의 기술과 재료를 3분의 1도 모른다. 대부분의 프랑스 사람들도 나와 크게 다르지 않을 것이다. '프랑스 요리를 안다'라고 말하기엔 그 세계는 너무나 거대했다. 지금까지 내가 배운 기술과 재료 중 상당히 많은 부분이 동물성 식품과 연결되어 있다고 해도, 그래봤자 내가 아는 것은 숟가락 하나 정도일 것이다.

오히려 반문하고 싶었다. 비건은 프랑스 요리를 이어갈 수 없다고 하는 이들에게 그들은 프랑스 요리를 얼마나 제대로 알고 단언하는 것인지. 오히려 그런 인식들이 수많은 프랑스 전통 채식 요리 기술과 재료를 이어가고 발전시킬 기회를 놓치게 만드는 건 아닌지. 그들이 그토록 자랑스러워하는 '프랑스 요리'가 과연 미래 세대에도 부끄럽지 않은 진정한 자부심으로 남을 수 있을지. 프랑스 요리에 있어서 비건은 '포기'가 아니라 '가능성'이라는 걸 정말 모르는 것인지. 아니면 모른 척 하고 싶은 것인지.

난 힘들게 레스토랑에서 일했던 시간을 후회하지 않는다. 그때 여러 신호를 받지 않았다면, 신호를 받고도 모른 척하던 스스로를 못나게 느끼지 않았다면, 지금의 나는 없었을 것이다. 더 이상 어떤 의문점도 없이, 내가 하고 싶고 해야 하는 요리 공부에 도전하는 나 말이다.

마찬가지로 비건이 되었지만 난 프랑스 요리를 배운 것을 후회하지 않는다. 지난 배움은 후회할 과거가 아니라 앞으로 배워갈 미래의 바탕이 될 테니까.

2. 비건 생활의 즐거움

오늘은 뭘 먹을까나

숨 막히게 뜨거웠던 공기가 점차 가벼워지고 도토리가 하나둘 지붕 위로 떨어진다. 여름이 끝나가는 신호에 마음이 급해지기 시작한다. 아직 제대로 즐기지 못한 여름작물이 많았으니까. 수돗물 맛이 나던 토마토도 이제 겨우 향기롭기 시작했는데, 1일 1수박 하겠다는 다짐도 아직 못 지켰는데, 해변에서 모래 묻은 옥수수 먹기도 아직 못 했는데, 산더미처럼 쌓아두고 먹고 싶은 구운 가지도 아직 덜 먹었는데 벌써. 보통 수확의 계절로 가을을 말하지만, 곡물 재배를 하지 않는 우리 텃밭에서는 여름이 수확의 계절이다. 먹어도 먹어도 줄지 않던 작물들도 이젠 끝물이었다.

아쉬워할 틈도 없이 심어둔 무와 배추가 쑥쑥 크기 시작한다. 무심하게 방치한 호박 덩굴엔 수박만 한 오렌지색 호박이 굉장한 존재감을 드러내고, 머리 위로는 아슬아슬하게 매달린 초록빛 밤송이들이 일생에 한 번뿐인 낙하를 준비한다. '이번 가을엔 작년에 제대로 못 먹었던 감이랑 호두랑 배를 실컷 먹어야지.' 여름작물을 제대로 못 즐겼다고 투덜대다가 그 말이 끝나기 무섭게 노트에 먹고 싶은 가을 음식들을 가득 채워나간다. 보다 못한 남편이 옆에서 거들었다. "노트가 너무 작네. 그걸로 되겠어?"

나는 먹기 위해 산다, 고 말하기엔 민망해서 보통은 요리하기 위해 산다고 에둘러 말한다. 그러나 진심은 먹는 게 더 좋다. 그래서 배고플 때 요리하면 곧 먹을 생각에 무척 신이 난다. 배고플 때 장을 보면 당장 필요 없는 재료까지 사게 되어 위험하다고들 하지만, 우리 집에서 진짜 위험한 건 내가 배고플 때 요리하는 것이다. 폭주하는 나를 막을 사람이 없어서 식탁과 남편과 내 위장은 두려움에 떨기 시작한다.

나의 하루는 대부분 음식과 이어진다. 눈뜨자마자 '아침으로는 뭐 먹지'를 먼저 생각한다. 아침을 먹으면서 점심엔 뭘 먹어야 더 뿌듯할지를 고민한다. 수시로 냉장고와 찬장을 확인하면서 언제 장을 보러 가야 할지 계산하고, 책을 읽거나 영화를 보다가도 음식이 나오면 그 맛을 상상하느라 중요한 내용을 놓치곤 한다.

다른 사람들은 요리가 귀찮거나 바빠서 식사 대용품을 찾는 경우도 많다지만 나는 그 말을 이해하기 어렵다. 내가 매일 고민하고 또 생각하는 건 뭘 먹어야 오늘 하루 주어진 위장 공간을 낭비하지 않을 수 있을까 하는 거다. 좋아하는 음식이 너무 많아서 걱정일 뿐, 매 끼니를 챙겨 먹는 게 귀찮아서 고민한 적은 없다.

오늘 점심엔 비빔밥을 해 먹어야지 생각하면서 동시에 감자 그라탱도 먹고 싶다. 그럼 감자 그라탱은 저녁에 먹어야지 생각하면서 저번 주부터 먹고 싶었던 토마토 파스타는 언제 먹을까 고민한다. 어느 날 내 앞에 저승사자가 찾아온다면 먹고 싶은 음식이 너무 많아서 아직은 갈 수 없다고 쫓아낼 것이다. 이렇게 써 놓고 보니 음식 중독자의 고백 같지만 이건 분명 자랑이다.

이런 내가 미식의 나라 프랑스로 와서 파리의 요리 학교에 입학하고 말았으니, 참새가 방앗간에 취직한 셈이었다. 개강 첫날 엄청난 두께의 레시피 책을 받고 좋아서 입이 찢어질 것 같았다. 이렇게나 많은 새로운 음식들을 맛보고 배울 수 있다니! 내 위장과 혀가 캉캉을 추는 황홀한 미래가 보이는 것만 같았다. 동시에 불안한 예감도 슬쩍 스쳐 지나갔다. 이제 이 많은 요리를 다 배우고 나면 매일매일 먹고 싶은 음식이 더욱더 늘어나겠구나. 정말 남은 생은 번 돈을 전부 음식에 써버리며 살아가려나. 나는 분명 허름한 옷을 입은 채 고급 무쇠솥을 끌어안고 사는 할머니가 될 것이다.

몇 년 후 마침내 나의 식탐 재능이 빛을 발하는 날이 왔다. 레스토랑에서 동료들이 가장 어려워하는 과제가 바로 직원 식사 메뉴다. 손님에게 나가는 메뉴는 자주 바뀌지 않지만, 매일 먹어야 하는 직원 메뉴가 늘 비슷하면 곤란하다. 애써 차려 놓고는 동료들이 내는 깨작깨작 투덜투덜 소리를 들어야 한다. 식당 직원이 식대를 따로 받아 외부에서 점심을 먹는 건 사직서와 함께 가슴속에나 품어야 할 소원이었다. 결국 레스토랑에서는 서로 돌아가며 음식을 해 먹을 수밖에 없다. 이 일의 어려운 점은 서로가 요리 전문가인 동료들이 어쩌면 손님보다 더 까다롭고 이해심이 부족할 수 있다는 것이다.

처음 취직한 막내인 내가 자연스럽게 직원 식사를 맡았는데, 몇 달 지켜본 동료가 큰 눈을 동그랗게 뜨고는 놀라워했다. "아니, 맛이 있고 없고를 떠나서(여기서 살짝 맘이 상했다) 어떻게 그렇게 매일 다른 요리를 만들어낼 수 있는 거야? 게다가 별로 스트레스를 받는 것 같지도 않은데. 비결이 뭐야?" 나는 그의 말이 더 놀라워서 작은 눈을 최대한 크게 뜨고 이렇게 말했다. "아니, 어떻게 먹고 싶은 음식이 모자랄 수 있지? 난 매 끼니 돌아오는 속도가 먹고 싶은 음식이 생각나

는 속도를 따라가지 못하는 게 인생 최대의 걱정인데. 비결
이 뭐야?"

내가 비건이 되겠다고 선언한 날, 남편이 걱정스레 물었
다. "너처럼 하루의 대부분을 뭘 먹을지 고민하면서 사는 사
람이 비건이 되는 게 쉬울까? 이제 매일의 낙이 없어지는 거
아냐?" 사실 나도 그게 걱정이었다. 머릿속에서 뭉게뭉게 떠
다니던 먹고 싶은 음식들이 순식간에 펑펑 터져 사라져버리
는 건 아닐까. 이제 '먹고 싶은 음식'이 아니라 '먹을 수 있는
음식'으로 하루하루를 겨우 버텨나가야 하는 걸까.

아니다. 이건 기회일지도 모른다. "사실 내가 그동안 너
무 먹는 생각만 하면서 살긴 했어(이 대목에서 남편은 진지하게 고
개를 끄덕였다). 이제 음식 생각하며 시간을 보내는 대신 좀 더
생산적인 일을 할 수 있지 않겠어?" 나는 이참에 아예 다른
사람이 되어보기로 했다. 먹는 데 쓰는 시간과 에너지를 아
끼는 대신 글을 열심히 써서 대작가가 되리란 꿈도 꿨다. 실
제로 인터넷에 글을 올리다 몇몇 출판사들에서 연락을 받아
책 작업도 시작했다.

그렇지만 불행인지 다행인지 비건으로 생활하면서도 난
하루 종일 먹고 싶은 음식을 생각하고 고민하고 요리하면서
산다. 여전히 매 끼니의 속도가 먹고 싶은 음식의 속도를 따
라가지 못하고, 글을 쓰다 말고 갑자기 냉장고를 뒤적거리고,

책에 넣을 레시피를 테스트한다는 핑계로 생활비의 절반을 식자재에 써버리기도 한다. 나를 지켜보던 남편은 '비건도 그녀의 식욕을 막지 못했다'라는 장렬한 소감을 전했다. 내가 대작가가 되지 못한 데는 다 이유가 있다.

하루는 채소를 듬뿍 넣은 카레를 끓이는데 여기에 인도식 난을 구워서 곁들이면 맛있겠다는 생각이 들었다. 그래서 갑작스레 조리대에 밀가루를 뿌리고 열심히 반죽을 치댔다. 반죽을 완성하고 잠깐 휴지를 시키는데 기다리는 시간이 아까웠다. 곰곰 생각하니 여기에 상큼한 샐러드가 있으면 좋겠다 싶어 다시 냉장고를 열었다. 남은 채소를 몽땅 썰어 소스에 버무리고 나니 카레가 제대로 푹 끓여져 기막힌 냄새가 났다. 그런데 양이 조금 많아 보였다. 이참에 레몬 라이스를 만들어두면 남은 밥과 카레로 저녁까지 해결할 수 있지 않을까?

외출을 다녀온 남편은 식탁을 보고서 한참을 웃었다. "도대체 뭘 먹어야 할지 결정 못 해서 그냥 다 만들어버리기로 한 거지?" 카레에 살짝 넣고 남은 사과가 아까워 만든 사과화채까지 올린, 드넓은 식탁 앞에서 난 멋쩍게 웃었다. 반찬으로 두부 조림도 하려다가 겨우 참았다는 말을 하면서. "내일은 남은 채소로 월남쌈을 해 볼까?" 밥을 먹으면서도 진지하게 내일 밥을 고민하는 나를 보는 그의 얼굴엔 존경 혹은 두려움이 가득했다. 대작가의 꿈이 대식가로 마무리되는 나의 일상은 이렇게 자주 반복된다.

아직 세상에 알려지지 않은 비건 요리는 어마어마하게 많다. 비건이 되면 부실한 식사를 할 거라는 걱정은 사람들이 비건 요리를 떠올리는 방식에 오류가 있기 때문에 생긴다. 우리가 일반적으로 아는 음식에서 동물성 식품이 들어간 것들을 하나씩 제거하면 당연히 식탁 위엔 거의 남는 요리가 없다. 나에게 비건이 되는 일은 밥상에서 반찬을 하나씩 빼는 일이 아니라, 밥상을 바꾸고, 냉장고를 바꾸고, 아예 이사를 통해 생활을 바꾸는 일이었다. 논비건 세상에서 살아남기 위해 좁은 틈을 비집고 들어가는 방식이 아니라, 비건 세상으로 나를 번쩍 들어다 앉히는 일이었다.

그렇게 들어온 비건 세상에서는 애초에 음식에 대한 기본값을 다르게 설정할 수 있다. 식물성 재료로 만든 맛있고 풍성한 밥상, 빼기가 아니라 더하기와 곱하기의 밥상이다. 게다가 고기를 먹을 때면 항상 들었던 약간의 죄책감이 더는 비집고 들어올 틈이 없으니 그야말로 깨끗하고 왕성한 식욕만 남은 것이다. 여전히 나는 마음껏 먹고 싶은 음식을 상상하면서 행복에 젖는다.

I ♥ 콩 콩 콩!

비건이 되기로 마음먹기는 했는데, 뭘 어떻게 시작해야 하는 걸까. 처음 몇 주는 조금 막막한 심정이었다. 아무리 머릿속 요리 리스트가 초콜릿 퐁듀처럼 넘쳐흐르는 나라도 처음 접하는 세상에선 허우적거릴 수밖에 없었다. 당장 마트에 장을 보러 가서도 쉽사리 바구니가 채워지지 않았다. 평소 필수 품목으로 구입하던 식품 리스트에 줄을 죽죽 긋고 나니 살 수 있는 게 없었다.

'리조또를 만들어 먹을까, 그럼 파마산 치즈를 사야…… 참, 아니다', '오므라이스 안 먹은 지 오래되었지. 달걀이 있었나…… 아, 아니구나', '햄버거용 빵이 참 맛있게 생겼는데…… 안 되겠지.' 평소 사던 재료들이 막히니 즐겨 만들던 메뉴도

막혔다. 일단 고민 없이 고를 수 있는 채소를 듬뿍 사긴 했는데, 요리에 쓸 만한 소스나 빵, 반죽 등을 쓸 수 없으니 당황스러웠다.

무엇보다 '동물성 원료가 교묘하게 숨은 식자재'가 생각보다 많아서 골치 아팠다. 일일이 성분 확인을 하는 것도 점점 피곤해지기 시작했다. '에이, 귀찮아. 그냥 성분표가 붙을 일이 없는 원재료를 사서 만들어 먹자.' 그렇게 한동안은 성분 걱정이 없는 생채소들을 잔뜩 사서 된장에 찍어도 먹고 적당히 볶아 먹으면서 지냈다. 슬슬 약이 오르기 시작했다. 이래서는 오래 버티지 못할지도 모른다. 공부가 필요한 시점이라고 판단했다.

우선 각종 식자재의 특성과 영양소를 파악하기로 했다. 평소 철분이 부족한 편인 나는 미역이나 시금치, 배추 등을 자주 먹으면 좋고, 단백질은 콩류를 자주 먹거나 푸른 잎채소를 충분히 먹으면 걱정이 없겠다 싶었다. 견과류를 적당히 골고루 먹으면 오메가3가 부족할 일도 없었다. 슬슬 장바구니에 무얼 채워야 할지 그림이 그려졌다. 신선한 제철 잎채소, 과일, 견과, 콩 등을 하나씩 사서 맛보기 시작했다.

먼저 마트에 진열된 콩류를 계절마다 맛보는데, 의외로 한참 시간이 걸려서 놀랐다. 녹두, 렌틸콩, 강낭콩, 흰콩, 완두콩, 얼룩콩, 검은콩, 병아리콩, 깍지콩…… 사실 나는 콩을 그다지 좋아하지 않았다. 잡곡밥에 넣거나 떡에 들어간 정도만 먹을 뿐이었다. 감자도 마찬가지였는데 먹으면 배만 부르고 특별한 맛이 없다고 여겼기 때문이다. 하지만 그건 콩과 감자에 대한 나의 무지를 드러내는 생각이었다.

쌀의 나라 한국에서 누군가 햅쌀이나 찹쌀이나 바스마티 쌀이나 거기서 거기라고 말하면 사람들은 충격에 빠질 것이다. 마찬가지로 감자의 나라 프랑스에서 보라색 감자나 햇감자나 튀김용 감자나 다 똑같다고 말하면 사람들은 눈알을 위로 굴린다. 비건 나라에 사는 나는 이제 콩 맛이 다 거기서 거기라는 사람을 만나면 "잠깐, 다시 한 번 말해봐" 하고는 그의 팔목을 붙잡고 긴 설명을 늘어놓고 싶어질 것이다.

이젠 안다. 쌀은 햅쌀, 감자는 햇감자부터라고 하듯이 진짜 콩의 맛을 보려면 여름의 생콩을 맛봐야 한다는 걸 말이다. 잊을 수 없는 콩 요리가 하나 있다. 레스토랑에서 일했을 때 메인 요리에 사이드로 나가던 완두콩 소테sauté(서양식 볶음)다. 우선 갓 배달 온 완두콩 껍질을 일일이 손으로 벗긴다. 팔팔 끓는 소금물에 7분 정도 삶고 얼음 가득 넣은 찬물에 식힌다. 올리브유를 두른 프라이팬에 쪽파와 다진 양파를 볶고 소금, 후추 간을 한다. 마지막으로 식힌 완두콩을 넣고 잽싸게 볶으면 완성.

레시피 대로 휙휙 볶아 접시에 담기 전 숟가락에 살짝

담아 맛을 봤는데……. 뭐지, 이건. 순간 손님용 접시에 담아 내가야 하는 것도 잊고 다 먹어 버릴 뻔했다. 정신을 차리고 접시를 겨우 완성해서 내보낸 뒤, 그런 나를 지켜보던 셰프를 황홀한 표정으로 올려다봤다. 기름에 절어 번들거리는 셰프의 얼굴에서 순간 빛이 나온 것 같은 착각을 주는 이 마법의 맛은 무엇이란 말인가. "어때, 환상적이지? 이맘때 나오는 커다란 생완두콩은 정말 뭘 해도 맛있다니까. 으깨서 퓌레로 만든 다음 레몬즙을 뿌려 먹으면 또 얼마나 향긋하다고."

나는 집으로 돌아가는 길에 시장에 들러 완두콩과 레몬을 샀다. 그날 저녁 난생처음으로 생콩을, 그것도 한 상자나 사서 방바닥에 주저앉아 껍질을 까는 나를 본 남편의 눈이 휘둥그레졌다. "기다려봐. 네 인생 최고의 콩을 맛보게 해줄 테니까." 셰프가 알려준 대로 삶아 으깬 완두콩 퓌레에 레몬 제스트를 쓱쓱 갈고 즙을 쫙 짜서 뿌린 다음 한 숟가락 떠서 권했다. 신중하게 맛을 본 남편의 표정이 심상치 않았다. 나를 그렇게 감격한 눈빛으로 바라보면 어떡하라는 건지. 아까 내 표정을 본 셰프도 이런 우쭐한 기분이었겠구나.

나처럼 콩을 별로 좋아하지 않던 남편도 레몬과의 환상적인 조합을 알아버린 이후 콩에 푹 빠져들었다. 정말이지 신기하게도 아무 콩이라도 삶아서 간 다음 소금, 후추 간을 하고 레몬즙을 쭉 뿌려주면 아주 근사한 맛이 난다. 큰 팥처럼 생긴 붉은 강낭콩도 퍽퍽해서 굳이 찾아 먹지 않았는데, 파프리카 가루를 듬뿍 넣어 끓인 멕시코식 스튜인 칠리 콘 카르네chili con carne로 만들면 아주 그냥 홀딱 반해버린다. 이 요리는 일반적으론 간고기를 넣어 만들지만 콩이나 으깬 두부를 넣어도 아주 맛있다. 쫀득할 정도로 푹 졸인 매콤한 강낭콩 스튜라니. 금방 배가 불러 많이 먹지 못하는 게 무척 아쉬울 만큼 언제까지나 먹고 싶은 맛이다.

프랑스에서 가장 많이 먹는 콩은 아마도 여름이 제철인 껍질째 먹는 그린빈일 것이다. 보통은 압력솥에 넣고 쉽게 뭉 그러질 정도로 삶아 먹는다. 냉동 제품이나 통조림도 쉽게 볼 수 있는데, 이런 제품들도 부드럽게 푹 익혀 먹는 걸 좋아 하는 것 같다. 중국식으로 기름에 매콤하게 볶은 것도 좋아 하지만, 프랑스식으로 부드럽게 삶아 머스터드나 비건 마요 네즈를 곁들인 그린빈도 은근 별미다.

콩, 콩, 콩! 정말이지 나의 비건 생활을 풍요롭고 달콤하 게 만들어주는 걸로 모자라 이름마저 사랑스러운 존재. 프랑 스어로도 뿌와pois나 아히꼬haricot처럼 귀여운 이름을 지닌 존재들. 지금 내 찬장엔 알록달록한 콩들이 종류별로 유리병 에 담겨 조르르 줄을 섰다. 한참 배가 쪼그라들 점심 무렵이 면 찬장을 열고 병들을 지그시 바라본다. 오늘은 렌틸콩 너 를 삶아 샐러드로 먹을까, 아니면 병아리콩 너를 삶아 패티로 만들어 버거를 먹을까, 오랜만에 얼룩콩 너를 삶아 양파와 볶아도 맛있겠다. 이렇게 콩과 대화하면서부터 나의 길고 긴 요리 리스트는 다시 채워지기 시작했다.

사랑스러운 영화 〈아멜리에〉에서 아멜리에는 식료품 가게 앞에 놓인 커다란 콩 주머니에 손을 쏙 집어넣는 촉감을 좋아한다고 고백한다. 나도 언젠가 영화 속 식료품점과 비슷한 가게에서 커다란 콩 주머니를 보고는 아멜리에처럼 몰래 한번 손을 넣어보았다. 시원하고 부드럽고 간질간질한 그 느낌이란! 재미있게도 그런 콩은 삶아서 입에 넣어도 시원하고 부드럽고 간질간질하다. 콩마다 다른 다양한 식감은 나의 광활한 비건 식탁에 풍부한 비료가 되어주었다.

이제는 장을 보러 가기 전에 미리 식재료의 사랑스러운 촉감과 맛을 떠올리며 위시 리스트를 가득 채운다. 뜨거운 여름 집으로 돌아오는 내 바구니에는 생각만으로도 군침이 흐르는 햇감자와 햇콩이 그득하다. 지금이라도 알아서 다행인, 'I ♥ 여름'의 맛.

간결하고 재미있고 강력한
한 방의 파스타

아무도 내게 알려주지 않았다. 프랑스에서 '말발'로 인기를 얻을 수 있다고는 들었어도, '말발'이 부족해서 밥 먹다 체하는 날이 올 거라고는 누구도 알려주지 않았다. 이럴 줄 알았으면 어릴 적 친구 따라 웅변학원이라도 다닐 걸 그랬다고 후회하는 날이 오다니. 비건이 된 이후 그 어느 때보다 말솜씨가 중요해졌다. 글을 쓰지 않을 때도 내 머릿속은 늘 글을 쓰는 것처럼 말을 정리하는 습관이 생겼다.

누군가에게 내가 비건이라고 '털어놓아야' 할 때가 있다. 그러면 상대는 무척이나 놀라워하며, 내게 비건의 분위기나 성격이 비치지 않는다고 말하기도 한다. 도대체 비건의 분위기나 성격이 무엇인지는 모르겠지만. 이런 경우 간혹 이야기는 과거에 그가 만난 어떤 비건으로 향한다.

그들이 만난 비건은 말하자면 조금 과격했다고 한다. 고기를 먹는 이야기가 나오면, "세상에! 어떻게 그 어여쁜 생명을 손으로 죽여 아이들에게 먹일 생각을 한단 말이에요!" 하며 기겁한다는 것이다. 침까지 튀겨가며 열변을 토하기에 더 대화할 마음이 들지 않아 그 자리를 벗어났다면서 "정말 이상한 사람이었어. 다른 비건들도 표현을 하지 않을 뿐 다들 그렇게 생각하는 거 아닌지 몰라" 하고는 나를 보며 고개를 저었다.

간혹 이런 식으로 '과격하고 이상하고 한심한 비건을 만난 썰' 공격을 받으면, 이야기 내내 머릿속에선 문장들이 와르르 쏟아졌다 지워지기를 반복한다. 이제 곧 내 의견을 물어볼 텐데, 나는 어떻게 반응해야 할까. 절대 길거나 지루해서는 안 된다. 환경이나 비건을 조금이라도 진지하게 이야기하면 곧 주변 분위기가 싸늘해졌던 그동안의 경험들이 떠올라 고민이 깊어졌다. 명심해야 한다. 환경, 비건, 미래를 이야기할 때는 간결하고, 재미있고, 강력해야 한다.

결론부터 이야기하면 그때 나는 적당한 대답을 하지 못했다. 그날뿐만 아니라, 내 인생에서 그러한 대답을 한 적이 있기는 할까. 요리도 마찬가지. 요리에서조차 길고 지루한 대답만 늘어놓는다. 내겐 파스타도 길고 지루한 대답 중 하나였다. 프랑스에선 한국에서 볶음밥을 먹듯이 파스타를 먹는다. 특별할 것 없는 수수한 음식. 냉장고에 남은 재료들을 다 때려 붓고 시판 소스와 함께 적당히 데워 먹는 그런 음식 말이다.

나도 파스타를 그렇게 해 먹었다. 우선 프라이팬에 마늘과 양파를 볶은 후, 조각 베이컨을 넣는다. 그다음 남은 채소들을 함께 볶아준 뒤 시판 볼로네제소스를 넣고 적당히 끓인 후 면을 넣는다. 접시에 담은 뒤 치즈 가루를 듬뿍 뿌려주면 완성이다. 대체로 맛있게 먹을 수 있지만 특별하진 않다. 그저 적당히 기름진 고기 맛과 달콤한 맛이 나는 음식. 맛있는 요리를 하고는 싶은데 딱히 자신도 없고 기력도 없을 때 내놓았던 길고 지루한 대답의 맛.

이탈리아 시칠리아에 오래 머무른 적이 있다. 현지인의 집에 머물며 일손을 돕다보니 자연스레 '진짜' 파스타를 맛볼 기회도 생겼다. 어느 날 주인아저씨가 점심 메뉴를 진지하게 고민하더니 "오늘은 링귀니(길고 조금 넙적한 파스타)를 먹자" 하고는 부엌으로 갔다. '파스타 먹자도 아니고 링귀니 먹자라니, 특이하네. 그런데 말이죠……. 그게 그렇게 오래 고민할 일인가요?' 조금 실망했지만 그래도 시칠리아 사람이 해주는 파스타가 궁금해서 쫄래쫄래 부엌으로 따라갔다.

냉장고에서 아저씨가 꺼낸 건 달랑 마늘 두 쪽과 생바질 잎 몇 장이 전부였다. 그러고는 창고로 가더니 보물단지 모시 듯 토마토소스 한 병을 품에 안고 왔다. "올여름에 수확한 토마토로 직접 만든 소스야. 안에 든 거라곤 토마토와 바질뿐이지만 아주 맛있지. 정말 맛있는 토마토로 졸였거든." '그래도 다른 채소를 좀 더 넣어주시지. 양파라도 넣으면 좋을 텐데' 하며, 내심 아저씨를 못 미더워하던 나는 그날 생애 최고의 파스타를 경험했다.

소스에선 정말 딱 네 가지 맛만 느낄 수 있었다. 마늘, 토마토, 올리브유, 바질. 어느 하나 빠지지 않고 거슬리지 않는 맛. 제일 자신 있는 품질의 재료로 오랜 시간 정성을 다해 끓인 소스의 맛. 타이머를 맞춰 면수에 좋은 소금을 넣어 삶은 링귀니 면. 이탈리아에서 파스타를 먹을 땐 소스를 듬뿍 머금은 링귀니를 포크에 한가득 말아 입에 넣은 뒤 "맘마미아!" 하고 두 눈을 감아야 진정한 맛이 느껴진다고 하셨던 아저씨의 진지한 얼굴. 참! 스승님은 이탈리아에서 파스타 먹을 땐 칼이나 숟가락을 쓰면 '범죄'라고 엄숙하게 선언해주시는 것도 잊지 않으셨다. 그날의 파스타, 아니 링귀니는 내가 맛본 최고의 간결하고 재미있고 강력한 한 방이었다.

이제는 비거니즘이야말로 내 회심의 일격을 요리라는 형태로 보여줄 수 있는 가치관이라고 여긴다. 보통의 경우 사람들은 자신의 생각과 가치관을 어떤 특정한 형태로 드러낼 수 있는 경우가 많지 않다. 조리 있게 말하는 요령도 잘 모르고, 귀에 쏙쏙 들어오는 낭랑한 목소리도 없고, 멋진 행동으로 보여줄 용기도 없는 나는, 비거니즘이 요리와 큰 연관이 없었다면 어떻게 목소리를 내었을지 상상이 잘 가지 않는다. 특히 타국에서 익숙하지 않은 언어로 내 가치관을 조리 있게 이야기하기란 생각보다 어렵기 때문에, 말이 필요 없는 요리 하나가 큰 의지가 된다.

프랑스 사람들은, '자유, 평등, 박애'라는 자신들의 가치관을 상당히 잘 지키며 사는 편이다. 그러나 '비거니즘'에 대해서는 다르다. 세 가지 기본 가치 중 프랑스인 대부분이 가장 중요하다고 생각하는 첫 번째 가치인 '자유'를 위협한다고 여기기 때문에 몹시 예민해진다. 개인의 자유를 평등하게 사랑해주려고 노력하지만 '내 자유', 그러니까 '내가 먹고 싶은 것을 먹을 자유'를 방해하고 비난하는 가치관은 용납하기 힘든 것이다. 그래서 개인주의를 우선하는 프랑스인에 대한 보편적인 이미지와 달리 프랑스에서는 비건이 은근히 공격받고 조롱당하는 경우가 꽤 흔하다.

다른 한편으로 프랑스인들은 서로의 가치관을 공격하고 조롱하면서 마치 싸우는 것처럼 논쟁을 벌이는 걸 아주 좋아한다. 그렇기에 그들은 자유로이 '비건 조롱 어택'을 날리고, 또 내가 자유로이 '논비건 비난 어택'으로 맞받아치는 걸 꽤 흥미롭게 받아들이는 것 같다. '내 생각은 바뀌지 않겠지만, 재밌네. 어디 한번 계속해봐.' 정도랄까.

그래서 우리 집에 초대받은 논비건 친구들이 '말발'이라는 무기를 준비해오는 동안, 나는 부엌에서 파스타를 한다. 프랑스인의 90퍼센트 이상은 초대받았을 때 식탁 위에 파스타가 나오면 '겨우 파스타야?'라고 실망할 것이다. 초대한 사람이 비건이라면 '역시 비건은 파스타 정도 밖에 못 먹고 사는군'이라는 생각이 추가된다. 그러나 그들은 한 가지를 간과했다. 내가 그들의 말발에 대한 답으로 내어놓은 건 '이런 파스타를 계속 먹을 수 있다면 비건이 되는 것도 괜찮겠다' 싶은 '유혹의 파스타'다.

다른 맛 좋은 비건 음식도 많지만, 치열한 대화가 오갈 것으로 예상되는 그런 날엔 파스타가 제격이다. 서로의 빈틈을 찾는 싸늘한 식탁 위로 '이래도 어디 계속할 수 있으면 해봐' 하며 파스타를 올린다. 프랑스어로는 원어민들의 말발에 상대가 되지 않지만, 대한민국 경상남도 출신이자 프랑스 남부의 거친 레스토랑 주방에서 단련된 내가 남의 말을 얌전히 듣고만 있을 수는 없는 일. 언젠간 나도 현란한 말을 바주카포처럼 쏴버리고 싶지만, 일단은 파스타다.

토마토가 제철일 때 가장 맛있고 신선한 토마토로 만들어둔 소스를 졸이고, 시칠리아 아저씨네서 얻어온 귀한 올리브유를 꺼낸다. '여기에 치즈를 좀 뿌리면 좋겠는데'라는 생각조차 들지 않게끔 심혈을 기울여 마늘 향을 내고 바질 잎을 넣으면 완성이다. 소스를 뭉근하게 졸이는 동안 일부러 별다른 아페리티프를 내놓지 않는다. 매혹적인 마늘 향과 시큼 달달한 토마토가 졸여지는 냄새에 현기증이 날 수 있도록 일부러 주방 가까이에 식탁을 두기도 한다. 이때부터 적들은 이미 무기를 내려놓고 투항할 기미를 보인다. 그들이 기나긴 기다림 끝에 포크로 정성스레 말아 한 입 가득 넣고는 "오 몽 듀oh, mon dieu(오 마이 갓)" 하고 두 눈을 감는 모습을 보며 난 승리의 미소를 짓는다.

포인트는 단 한 가지. 절대 넘치도록 많이 해서는 안 된다. 파스타는 끝도 없이 들어가는 음식이라 많이 하면 하는 대로 많이들 먹겠지만, 살짝 아쉽다 싶을 때 멈출 수 있을 만큼만 해야 한다. 배는 디저트로 채우고, '파스타 조금 더 먹고 싶었는데……'라는 생각을 품은 채 집으로 돌아가게 해야 한다. 내가 정말 하고 싶었던 말은 간결하고 재미있고 강력한 어떤 한 방이니까.

잊어버린 채소를 찾아서

'비건이 되면 못 먹는 음식이 많아져서 힘들겠지?'라는 건 아주 잘못된 생각이다. 나의 경우 비건이 된 이후 먹을 것들의 가짓수가 훨씬 더 많아졌다. 그걸 깨달은 건 지난 2020년, 역병으로 프랑스 전체가 봉쇄된 어느 봄이었다. 당시 우리 부부는 몇 년간의 밴 라이프(조그만 승합차에서 숙식을 모두 해결하며 이동하는 생활을 말한다)를 마무리하고 프랑스 시골 마을에 막 땅을 계약한 참이었다. 그곳에서도 당장은 집이 없어서 빈 땅에 밴을 세워두고 전과 같은 방식으로 살았다.

밴은 작다. 강력한 전면 봉쇄로 우린 마트에도 자주 갈 수 없었고, 많은 식량을 저장해둘 집도 없었다. 땅은 있었지만 아직은 그럴듯한 텃밭으로 가꾸기 전이었다. 이대로는 식량난으로 장기적인 격리 생활이 쉽지 않아 보였다. 이럴 때 재난 영화에선 주인공들이 어떻게 살아남더라? 그때부터 장난 반 진심 어린 걱정 반으로 주변에 널린 야생 식물을 살펴보기 시작했다. 와! 그런데 이거 생각보다 괜찮겠는걸.

참나무 잎 새순을 먹을 수 있다는 걸 아시는지? 그 외에 민들레 잎을 샐러드로 버무려 먹을 수 있다는 것도, 가시 덤불 새순을 튀기면 맛있다는 것도, 딸기 꼭지에서 시금치 맛이 난다는 것도! 심지어 소나무의 어린 솔잎도 톡 따서 먹으면 새콤달콤하니 향긋하고 맛있다. 봄에 올라오는 새로운 작은 생명들은 거의 다 먹을 수 있다는 걸 체험하고 나니 주변이 거대한 식탁으로 보였다. 역병이건 좀비건 올 테면 와보라지.

봄부터 텃밭을 시작했지만 씨를 뿌리고 흙을 재정비해주는 일을 할뿐 당장은 밭에서 작물이 나지 않으니, 굶지 않으려면 바구니를 들고 숲으로 들로 나가야 했다. 나무가 자라나는 데 방해되지 않을 만큼만 새순을 뜯고, 식용 꽃을 밥에 넣어 비벼도 먹고 튀겨도 먹고 전으로 부쳐도 먹고 소스로 만들기도 한다. 별다른 조리 없이 손으로 직접 따온 작물을 접시 위에 흩뿌려 수저로 살짝 떠서 먹을 때엔, 내가 왜 요리를 공부하고 싶었고 앞으로도 왜 요리와 가까이 살고 싶은지 저절로 몸에 되새겨진다.

그 순간의 예쁜 장면이 나는 너무도 좋다. 세상에서 가장 아름다운 순간만을 모아 놓은 장식장 같다. 앞으로도 이렇게 예쁜 장면들을 수집하며 살아가고 싶다는 생각이 든다. 프랑스 전통 시장에 가면 '레귐 우블리에légumes oubliés(잊어버린 채소들)'라고 분류된 채소를 만날 수 있다. 토삐넘부르topinambour(돼지감자), 빠네panais(야생 당근), 빠띠쏭pâtisson(톱니바퀴모양 호박), 후타바가rutabaga(스웨덴 순무), 까흐동cardon(아티초크의 일종) 등이 있는데, 먹거리가 부족했던 시절엔 자주 먹었지만, 뭐든 풍족해진 요즘은 사람들이 잘 키우지도 먹지도 않게 된 채소들을 일컫는다.

대부분 강한 향을 풍기거나 씁쓸한 맛이 인상적인 채소들이다. 개성이 강한 맛과 향 때문에 사랑받지 못했지만, 요즘은 오히려 이런 독특한 맛 자체를 즐기려는 시도가 늘었다. 주로 스프로 끓여 먹거나 오븐에 구워 먹는데, 그중에서도 타임이나 로즈마리 같은 허브와 꿀을 넣고 오븐에 바싹 구운 카라멜리제caramélisé한 요리가 특히 사랑받는다. 나는 꿀 대신 아가베 시럽을 넣고 만들어보았는데 바삭하고 달콤하고 씁쓰름한, 무척 세련된 맛이 났다.

프랑스 생활 초반에는 사시사철 늘 똑같은 호박, 당근, 파프리카, 토마토 정도의 채소만 구해 먹을 수 있었지만, 요즘엔 이렇게 프랑스의 잊어버린 채소들이나 외국계의 새로운 채소들을 더 쉽게 만날 수 있어 반갑다. 유행을 타기 시작해 더는 잊어버린 채소로 분류하기 어려운 것들도 많지만, 나는 '잊어버린 채소들'이라는 단어 자체가 좋았다. 이 채소들에서는 왠지 그간 잊고 지낸 혹은 다시 찾아야 할 듯한 냄새가 났다.

비건이 되기 전, 채소를 가벼이 여기고 굳이 찾아 나서지 않았던 이유 중 하나는 내가 딱 마트 채소 코너만큼의 세계에서 지냈기 때문이 아닐까. 좋아하는 포도의 새순이 어떻게 생겼는지 몰랐고, 그 잎을 먹을 수 있다는 것도 몰랐다. 그러니 장식장에 보관하고 싶을 만큼 예쁜 봄의 장면을 만난 적이 별로 없었던 거다. 봄이 돋아나는 과정을 지켜보는 일, 새순을 직접 맨손으로 톡 따서 바구니에 넣는 일, 흐르는 물에 적당히 씻어서 물기를 탁탁 털어내 그대로 접시에 얹는 일이 이토록 경쾌하고 기분 좋은 일임을 모르고 살아왔다.

지금까지 요리사로 일하던 주방에선 인상을 찌푸리게 하는 장면이 꼭 하나쯤은 있었다. 벗겨낸 생선 비늘이 달라붙은 도마를 씻는 일, 생닭의 뱃속으로 손을 푹 집어넣는 일, 새우 껍질이 가득 든 음식물 쓰레기통을 비우러 가는 일 같은 것들이다. 그나마 처음 이 생명의 숨을 끊는 일을 직접 하지 않았기에 가능했던 작업이다. 눈살을 찌푸리는 장면들이 군데군데 섞인 접시들로 '세상에서 가장 아름다운 순간만을 모아 놓은 장식장'을 진열하기엔 어딘가 조금 부족하다고 여겼다. 직접 재료를 손질하고 요리를 해 본 사람들이라면 누구나 한 번은 이런 불편한 마음을 느끼지 않을까.

내가 '잊어버렸던' 장면 중에 식용 꽃이 있다. 어릴 적 먹었던 구운 화전 이외에는 꽃을 먹어본 적이 없었는데, 찾아보니 먹을 수 있고 거기다 무척 색다른 맛을 내는 꽃이 정말 많았다. 한련화는 귀여운 잎과 시큼한 열매도 맛있지만, 꽃도 달콤하다. 내가 제일 좋아하는 꽃은 베고니아로 작고 오동통한 잎을 입안에 넣으면 톡 터지면서 라즈베리 같은 맛이 난다. 한국에서 흔히 볼 수 있는 배추꽃은 또 어떤가. '꼬시다'라는 말로는 다 설명이 안 되는 풍부한 맛이 난다.

레스토랑에서 일할 때도 가끔 식용 꽃을 주문해서 받았다. 하지만 비싸고 귀해서 접시에 장식으로 한두 개 올리는 정도였다. 마감 시간이 다 되도록 손님이 별로 없었던 어느 날 모처럼 들어온 주문에 셰프가 큰맘 먹고 온갖 식용 꽃들로 화사하게 접시를 장식해서 내보냈다. '접시 위에 있는 건 다 먹을 수 있는 겁니다'라는 설명을 덧붙인 접시는 손님은 물론 직원 모두가 와서 구경하고 사진을 찍을 만큼 아름다웠다. 요리는 평소하고 별다른 차이가 없었지만 색색의 예쁜 꽃들이 접시 위에 놓이자 눈을 떼기 힘들었다. 누군가가 "이야, 레스토랑에 봄이 왔네" 말하자 다들 고개를 끄덕였다.

그렇게 비싸고 귀한 식용 꽃이 내가 사는 땅 위에 가득 피었으니 행복한 고민이 시작되었다. 비빔밥에 넣어 먹을 때는 향이 예술이긴 했지만 비비면서 어여쁜 꽃들이 뭉개져 아쉬웠다. 모양을 더 살리는 요리를 해 보고 싶었다. '꽃들을 잘 전시할 수 있을 만한 장식장 같은 요리가 없을까……' 하다가 번뜩 생각이 났다.

10년 전 프랑스에서 처음 맞았던 크리스마스 시즌, 빨갛고 하얗게 번쩍거리던 대형 마트를 돌다가 한 코너에서 발길을 멈췄다. 저게 뭐지? 가까이 다가가니 케이크 모양의 젤리들이 가지런히 정리되어 있었는데, 처음 보는 음식이었다. 탱글탱글하고 투명한 젤리 안에 과일이 아닌 채소와 고기 등이 고대로 보존되어 있는 게 신기했다. 이름을 찾아보니 '아스픽aspic'이라 불리는 음식이었다.

보통 아스픽은 생선이나 고기를 넣고 젤라틴으로 굳힌 육수를 부어 만든다. 더 알아보니 한천 또는 우무라고 불리는 식물성 가루로도 젤라틴을 만들 수 있었다. 틀에 익힌 채소와 예쁜 꽃들을 가지런히 넣고 한천을 푼 채수를 부은 뒤 냉장고에 넣어 하룻밤을 기다렸다. 다음날 긴장된 마음으로 틀을 뒤집자 톡 하고 탱탱한 아스픽이 접시에 떨어졌다.

봄이 담긴 스노볼을 상에 내놓자 입가에 미소가 번진다. 식탁에 앉은 모두의 얼굴에 '이야, 봄이 왔네'라고 쓰여 있는 듯 보였다. 보통 아스픽은 육수를 차갑게 굳힌 요리이기 때문에, 생선 아스픽에선 비린내가 났고, 돼지고기 아스픽에선 누린내가 날 수밖에 없다. 많은 사람들이 선호하던 음식은 아니었다. 하지만 식물성 재료만으로 아스픽을 만드니 훨씬 향긋하고 산뜻하다. 봄꽃을 넣어 모양도 예쁘다. 스노볼이라고 이름 붙여도 부끄럽지 않을 정도다. 족발을 넣은 스노볼은 조금 어색하지 않은가?

봄부터 천천히 올라오는 아름다운 장면들을 맞이하노라면 올해도 힘껏 잘 살아 보고픈 마음이 든다. 가만히 들여다보면 경이롭기까지 한 새순의 잎맥, 꽃의 화려한 색, 손톱만 한 작은 열매의 단단함은 이 작은 세계가 바로 내가 사는 세계라는 걸 일깨워준다. 매일 마주하는 접시 위에 아스픽을 올리면 눈앞에 멋진 전시가 펼쳐진다. 그 순간 나는 그저 이 아름다운 세상을 지켜보는 존재일지도 모른다는 생각이 든다. 나의 식탁 위에는 내가 계속 살아가고 싶은 세계를 보여주는 작은 전시회가 열린다.

믿고 먹는 렌틸콩 샐러드°

누군가를 신뢰한다는 건 참 근사한 일이다. 믿고 읽는 작가, 믿고 털어놓는 친구, 믿고 보는 감독⋯⋯. 숨이 잘 쉬어지지 않을 만큼 화가 나거나, 일이 꼬여서 머리가 터져버릴 것 같을 땐 진정제를 찾듯 급히 신뢰하는 무언가 혹은 누군가를 찾는다. 그러면 거짓말같이 금세 마음이 편해진다. 머릿속 작은 약국에 이런 근사한 처방약들을 서랍 가득 빼곡히 채워두고 싶다. 정말이지 너무도 편하고 근사하지 않을까? 지루함에 못 이겨 옆 사람을 괴롭히지 않아도 되고, 우울함을 주변에 광고하고선 그날 밤 발로 이불을 차지 않아도 될 테니 근사할 수밖에.

° 주의. 이 글에는 특정 식자재를 신격화한 부담스러운 대목이 매우 자주 등장합니다.

음식으로 치면 렌틸콩 같은 존재들이랄까. 렌틸콩, 아니 렌틸콩 님은 정말이지 대단하신 분이다. '배고플 때 = 렌틸콩', '간단하게 먹고 싶을 때 = 렌틸콩', '영양 보충이 필요할 때 = 렌틸콩', '맛있는 음식이 먹고 싶을 때 = 렌틸콩' 등등 영롱하신 렌틸콩 님은 무궁무진한 존재다.

채식하면 콩 종류를 많이 먹게 되는데 여느 콩들은 조리 시간이 무척 길어 난감할 때가 많다. 배추가 절여지는 시간을 못 기다려서 10분마다 뒤적거리는 내게 '하룻밤 불려두기'는 얼마나 어려운 일인지! 게다가 난 불행하게도 '내일은 강낭콩을 먹어야지' 하고 자기 전에 불려두는 부지런하고 계획적인 사람이 아니다. 늘 다음날 점심시간이 다 되어서야 부엌에 들어가서는 '아, 강낭콩이 먹고 싶은데' 하며 과거의 나를 원망하는 편이다.

부랴부랴 콩을 불려도 그날 저녁이 되면 다른 음식이 먹고 싶어질 테고 불려둔 콩은 애물단지가 되는 걸 잘 아는 사람이기도 하다. 이런 나에게 더할 나위 없이 고마운 사랑스러운 렌틸콩 님. 조금 과장해서 자비로우신 렌틸콩 님이 아니었다면 난 채식을 시작하고 몇 주도 못 가서 불리다 만 콩을 엎으며 비건 생활을 지속할 수 있을지 심각하게 고민했을 것이다.

부엌에 들어가서 냉장고와 찬장을 확인한 뒤 뭘 먹을지

고민할 때면 단백질이나 철분, 비타민 같은 중요 영양소를 최근에 충분히 섭취했는지 떠올려본다. 근래 줄곧 파스타만 먹었다 싶으면 시금치나 배추, 콩 종류를 먹어야 한다. 이때 믿고 먹을 수 있는 음식이 렌틸콩이다. 불릴 필요도 없이 20분이면 삶아진다. 밥 짓는 시간과도 비슷해서 불리지 않고 쌀과 함께 대충 앉혀도 잘 익는다. 딱히 채수를 내지 않아도 양파와 간장을 조금 더해 삶으면 근사한 스튜가 된다.

렌틸콩은 값이 저렴하고 심지어 보관하기도 쉽다. 아무리 '슈퍼푸드'라는 음식도 사 온 지 이틀 만에 상하면 구입을 망설일 수밖에 없으니 중요한 대목이다. 게다가 나의 경우 집 근처 특산물이기도 해서 더욱 저렴하고 친환경적으로 구입할 수 있다. 아아, 나에게 이토록 은혜를 베푸시는 거룩하신 렌틸콩 님이시여…….

채식하기 전에도 렌틸콩을 가끔 사 먹긴 했었다. 다만 돌덩이가 되어버린 정체 모를 가루와 함께 찬장 한구석에 처박아 두었다가, 언젠가 사 온 소시지 수명이 간당간당할 때에서야 겨우 관심을 주었다는 게 다를 뿐이다. 프랑스에선 렌틸콩을 주로 통소시지와 함께 삶아 먹는다. 그때까지 렌틸콩은 회 밑에 깔린 무 같은 존재에 지나지 않았다. 소시지 양이 적으니 옆에서 배를 불려주던 보조 재료 정도.

이제 내 찬장 속 렌틸콩 님은 무려 소금 님과 어깨를 나란히 두고 서 계신다(에헴). 깜빡하고 장보기 목록에 적어두지 않아 렌틸콩을 보관하는 유리병 바닥이 보이는 날엔 손톱을 잘근잘근 물어뜯게 될 정도다. 채식을 처음 시작하는 사람에게 1순위로 전도하고 싶은 식자재도 당연히 렌틸콩 님이다. 조리 방법에 따라 고기와 비슷한 감칠맛도 낼 수 있어서 불현듯 고기를 떠올리는 초기 채식주의자에게도 유용하다.

채식은 골고루 영양을 잘 챙겨 먹는 게 중요한데(채식하지 않아도 중요하긴 하다), 바쁜 직장인들에겐 절대 쉬운 일이 아니라는 걸 잘 안다. 그럴 때도 수시로 렌틸콩 님을 섭취하면 최소한의 기초 영양소에 대해선 조금 안심이 된다(물론 다양한 단백질원을 골고루 먹는 것이 가장 좋긴 하다). 한 줌 쥐어다 밥할 때 넣고, 미리 조금 삶아 두었다가 샐러드에 넣어 먹고, 으깨거나 생으로 갈아서 전을 부쳐 먹어도 좋은 렌틸콩 님.

내가 제일 좋아하는 방식은 렌틸콩을 샐러드에 활용하는 것이다. 프랑스에 오기 전, 나에게 샐러드란 커다랗고 넓적한 접시에 올린 신선한 양배추 혹은 양상추, 방울토마토 몇 개, 어린잎 채소와 소스가 버무려진 약간은 사치스러운 음식이었다. 그런데 프랑스에 와서 이곳 사람들이 별의별 재료로 샐러드를 해 먹는 모습에 놀랐다. 프랑스에서 샐러드는 한국의 '무침'과 다름없었다. 한국의 오이 무침, 배추 겉절이,

무생채도 여기선 그냥 샐러드일 뿐이다.

프랑스에서 요리하고 먹고 공부하며 깨달은 중요한 사실은 바로 '무치면 다 맛있다'는 거다. 삶은 콩도, 생양송이버섯도, 심지어 파스타와 밥도 어울리는 소스와 무친다면 맛없는 것이 없다. 프랑스에서 먹어본 충격적인 샐러드 1위는 단연 '삶아서 찬물에 벅벅 씻은(!) 밥'과 참치, 통조림 옥수수를 마요네즈에 버무린 샐러드였다. 처음에는 요리하는 모습을 인상 쓰며 봤지만 의외로 꽤 맛있어서 더욱 충격적이었다.

그러고 보면 이곳 사람들에게 샐러드는 믿고 먹는 조리법이라고도 할 수 있다. 아이들이 잘 안 먹는 재료도 작게 썰어서 마요네즈에 버무리면 먹일 수 있고, 냉장고에 이것저것 애매하게 남은 채소들도 큰 볼에 다 때려 넣고 올리브유를 뿌리면 요리가 된다. 특히 더운 여름에는 불 앞에 서기 힘드니 소스가 자작한 샐러드를 가득 만들어서 빵이랑 먹는 게 프랑스 가정용 요리 공식에 가깝다.

매일 삼시 세끼 만들어 먹는 건 생각보다 버거운 일이다. 그것도 혼자만을 위한 식탁이 아닌 배우자나 아이, 손님이 추가된 식탁이라면 더더욱 그렇다. 아무리 요리를 좋아하고 먹고 싶은 메뉴가 끊이질 않는 나라고 해도 자신 없는 요리를 할 때면 긴장할 수밖에 없다. 다행히 먹성과 맛 사이에는 인과관계가 뚜렷하지 않아서, 혼자 먹을 요리는 실패하더라도 공부한 셈 치거나, 재미있는 영화를 보며 미각이 보내는 신호를 차단한 채로 먹으면 괜찮다.

그런데 다른 사람의 입에도 들어가야 할 경우, 힘들게 만든 음식에 대한 반응이 그다지 좋지 않으면 도무지 요리할 기운이 나지 않는다. 살면서 겪을 수밖에 없는 몇 번의 싸늘한 반응에도 불구하고 내가 다시 주방에 설 힘을 주는 원천은 찬장과 책장에 자리한 믿고 먹을 수 있는 채소와 조리법들 덕분이다.

밥 때는 되었고, 남편은 다른 일로 바쁘고, 너무 거창한 요리를 하고 싶은 마음은 없고, 그래도 맛있는 건 먹고 싶을 때, 수호신을 부르는 마음으로 렌틸콩을 삶는다. 구수한 냄새가 방 안을 가득 채우는 동안 제일 큰 볼을 꺼내 샐러드를 가득 만든다. 내가 좋아하는 데친 양배추와 남편이 좋아하는 꼬흐니숑cornichon(달지 않은 미니 오이 피클), 렌틸콩을 버무려 상이 아닌 컴퓨터 앞에 턱 놓는다. 그리고 함께 좋아하는 코미디 영화를 틀어 놓은 채 마주 앉아 숟가락을 하나씩 든다.

한 숟갈 입에 가득 넣어 우물우물하며 오늘 서운했던 일 하나 쓱 털어놓고, 또 한 숟갈 입에 넣으며 내일 먹고 싶은 음식 하나 던져 놓고, 또 한 숟갈 입에 넣고는 주말에 하고 싶은 일 하나를 건넨다. 믿고 보는 감독의 영화 한 편과 믿고 먹는 음식 하나 그리고 믿고 얘기할 수 있는 사람 한 명. 딕분에 오늘 저녁도 평안하게 저문다. 렌틸콩 님 만세!

프랑스인이라면 늦봄에 쁘띠 뿌와 메디떼하니앙은 먹어야지

프랑스 사람들은 여기저기 이름을 붙이는 걸 좋아하는 것 같다. 지도에도 안 나올 것 같은 산속 오솔길에도 '미라벨 다리의 길'이나 '작은 포도송이의 길' 같은 낭만적인 이름을 붙여두고, 공항이나 기차역에는 전 대통령이나 생텍쥐페리, 빅토르 위고 같은 대작가의 이름을 붙이고, 심지어 법률 하나하나에도 날짜나 사람 이름 등을 붙인다.

본격적으로 요리를 배우면서 프랑스 사람들의 이름 붙이기는 정말 진심이라는 걸 깨달았다. 그저 양파와 올리브유를 넣어 지은 간단한 밥에도 히 필라프riz pilaf라는 세련된 이름을 붙이고, 감자, 마늘, 크림을 넣고 오븐에 구운 수수한 요리도 그라탱 도피누아gratin dauphinois라며 예쁜 지역 이름을 붙인다.

같은 요리라도 지역에 따라 다르게 부르기도 하는데, 프랑스는 스페인, 이탈리아, 독일 등에 둘러싸인 곳이라 서로 영향을 주고받아 근원이 불분명한 요리도 많을 수밖에 없다. 덕분에 스페인어, 이탈리아어, 독일어가 포함된 요리 이름도 요리 용어 사전을 한 자리씩 차지한다.

요리사인 나도 처음 가는 식당에서 메뉴를 펼치면 잠깐 머릿속이 멍해진다. 처음 듣는 요리 용어가 있으면 몰래 검색하기도 하고, 주문할 땐 어디 메모라도 해둬야 실수하지 않을 것 같다. 다른 나라 같으면 '메뉴 이름을 왜 이렇게 어렵게 정했냐. 그냥 간단하게 무슨 그라탱, 무슨 수프 하면 되지 않느냐'고 불평을 토로할 수도 있겠다.

그러나 여긴 프랑스가 아닌가. 사람들이 모이면 음식 이야기가 빠지질 않고 어려운 요리 용어를 더 많이 알면 알수록 어깨를 쭉 펼 수 있는 나라다. 요리 이름이 생소하면 생소할수록, 어려우면 어려울수록 기억해둘 용어가 늘어나기 때문에 매우 기뻐하는 사람들이 많은 나라이기도 하다.

메뉴를 이해할 수 없으면 종업원을 불러 설명해달라고 하는 일도 전혀 부끄러워하지 않는다. 그래서 종업원들은 메뉴가 아무리 많고 또 매일 바뀌더라도 반드시 모든 메뉴와 조리법을 파악해두어야 한다. 종업원이면 당연한 것 아니냐고 할 수도 있겠지만 메뉴의 이름도 길고 종류도 꽤 많아 이 것만 해도 그렇게 간단한 일이 아니다.

서비스가 시작되기 10분 전 즈음이면 레스토랑의 모든 종업원들이 주방으로 몰려온다. 그럼 요리사들도 하던 일을 잠시 멈춘다. 약 10분 가량 셰프가 오늘의 메뉴와 들어가는 재료, 원산지, 요리 방법 등을 빠르게 설명하기 시작하면 메모하는 직원들도 있다.

그렇게 준비해도 종업원들이 서비스 중간중간 '여기 에 어느 지방 와인이 들어간다고 하셨죠?'라거나 '뽐 도핀 pomme dauphine(감자 퓨레에 밀가루 반죽을 섞어 튀긴 요리)에 들어 가는 게 빠따슈pâte à choux(밀가루 반죽의 일종) 맞나요?' 같은 걸 확인하러 주방으로 찾아온다. 요리 평론가가 왔나 싶을 만큼 꽤 세심한 사항을 물어오는 일도 종종 있어서, 그저 평 범한 손님들의 질문이라는 게 믿기지 않는다.

시집인지 요리 사전인지 헷갈리는 책을 뒤적이다보면 눈에 들어오는 이름들이 몇 있는데, 그중 내가 가장 좋아하 는 이름은 레귐 글라쎄légume glacé이다. 불어로 글라쎄는 '언', '차가운'이라는 뜻인데, 요리 용어로는 '투명한 설탕층 으로 덮인'이라는 뜻을 가진다. 마롱 글라쎄marron glacé라는 설탕에 절인 밤 디저트가 대표적이다. 내가 좋아하는 레귐 글라쎄는 마롱 글라쎄처럼 달진 않지만 반들반들 윤기가 흐르는 아주 탐스러운 음식이다.

레귐légume(채소)으로는 보통 뿌리채소를 쓴다. 당근, 미니 양파, 둥근 무, 펜넬 등이 보편적으로 쓰인다. 크기가 작으면 통째로 쓰기도 하지만 손가락 마디 크기 정도로 자른 후 깊은 프라이팬에 넣는다. 채소들이 살짝 잠길 만큼 물을 붓고 버터나 마가린, 소금 약간과 설탕 한 스푼 정도를 더한다. 여기에 뚜껑 대신 프라이팬에 맞게 자른 종이 호일을 덮어주면 소스가 골고루 채소에 배어들게 잘 졸일 수 있다.

일반 뚜껑을 덮으면 잘 졸아들지 않고, 뚜껑을 아예 덮지 않으면 채소가 골고루 잘 익기도 전에 완전히 졸아버릴 수 있다. 10분 정도 지나 채소를 칼끝으로 찔러 보았을 때 다 익었으면 종이 호일을 걷어낸다. 이제 내가 가장 좋아하는 시간이다. 이때쯤이면 소스가 노란빛을 띠면서 걸쭉하니 잘 졸았다. 팬 손잡이를 잡고 부드럽게 살살 돌려주면 채소가 남은 소스 위를 구르면서 코팅되듯이 마무리된다. 정말 채소들이 '투명한 설탕층으로 덮인' 진풍경을 볼 수 있다! 이 정도면 프랑스 사람들의 이름 짓기 감각에 감탄하지 않을 수 없다.

다양하고 아름다운 요리 이름은 프랑스인의 자부심이기도 하다. 그래서일까. 두유 크림을 넣은 '비건 그라탱 도피누아'라던지, 대체육을 넣은 스튜에 '비건 뵈프 부르기뇽

bœuf bourguignon(부르고뉴식 소고기찜)'이라는 이름을 붙이는 걸 조금 마땅찮아 하는 것 같다. 손님에게 비건식으로 블렁께뜨 blanquette(크림 스튜의 일종)를 준다고 하면 바로 송아지 고기를 떠올리기 때문에 나는 그냥 채소 크림 스튜라고 얘기하는 경우가 더 많다.

요리 이름 앞에 비건을 붙이면 '무언가가 빠진' 요리라는 뉘앙스를 풍긴다. 고기 빠진 스튜, 생선 빠진 찜, 치즈 빠진 그라탱……. 하지만 내가 아는 비건 요리는 있어야 할 재료가 빠진 아쉬운 요리가 아니다. 채소에 어울리는 소스를 넣어 만든 스튜이고, 알싸한 마늘 향이 느끼함을 덜어주는 그라탱이고, 와인과 잘 어울리는 채소와 식물성 재료들을 넣은 프랑스식 찜이다.

내가 가진 프랑스 비건 요리책을 전부 뒤적였지만 '비건만의' 어떤 아름다운 요리 이름은 아직 찾지 못했다. 대부분 일반적인 요리 이름을 차용한 것뿐이었다. 아니, 이름 짓기 좋아하는 프랑스 비건들은 다 어디로 간 건지. 이쯤 되면 나와야 하는 것 아닌가? 몰리에르의 언어(프랑스어를 지칭하는 말로 루이14세 시기 극작가이자 배우인 몰리에르Molière를 영국의 셰익스피어나 독일의 괴테, 이탈리아의 단테와 견주는 표현이다)는 아꼈다가 어디에들 쓰실 건가요.

새콤한 레몬을 잔뜩 뿌린 완두콩 샐러드를 '쁘띠 뿌와

메디떼하니앙petits pois méditerranéens(지중해식 완두콩)'이라고 부르거나, 볶은 채소를 넣고 화이트와인을 더해 지은 밥을 '히 페스티프riz festif(축제 같은 밥)'라는 조금 과장된 이름으로 부르지 못할 이유가 없지 않을까. 초콜릿 케이크에 포레 누아forêt noir(검은 숲)라는 이름을 붙이고, 원형으로 자른 고기를 메다이용médaillon(원형 장식이나 큰 메달)이라고 하는 사람들이지 않나. 어차피 독특하고 과장된 이름을 붙이는 걸 좋아하는 사람들이니 비건 요리도 그래야 하지 않느냐는 말이다.

언젠가 내 멋대로 만든 고상하고 시적이고 엉뚱한 이름이 가득 담긴 비건 요리책을 내는 걸 목표로 삼아야 하나. 꼭 내가 아니더라도 누군가 이런 헛웃음 나오는 프렌치 비건 요리책을 하나쯤 내줬으면 좋겠다. 차례를 훑어보면서 '이게 뭐야?' 하고 어이없다가도 나름 잘 어울린다고 끄덕이며 외워두었다가 써먹고 싶은 그런 이름들이 수북한 비건 요리책. 이게 시집인지 요리책인지 헷갈릴 만큼 풍성한 풍경이 눈앞에 그려지는 그런 책 말이다.

요리 이야기가 난무하는 식탁 위에서 '프랑스인이라면 늦봄에 쁘띠 뿌와 메디떼하니앙은 꼭 먹어줘야지'라는 말이 한 번쯤은 나와주는 것도 있음직한 장면 아닌가.

3. 신선한 일상

깨끗하고 멋진 순환

아침 식사는 어딘가 귀여운 구석이 있다. 이른 시간이라 식탐을 부리기 어려워서 그런가, 다들 멍한 얼굴로 빵이나 과일을 집어 먹는 모습은 삼시 세끼 중에서 가장 편안한 느낌을 준다. 여행지에서 조식 뷔페를 즐길 때면 비슷비슷한 음식을 활용해서 각자의 스타일로 차려내는 모습이 흥미롭다.

프랑스 아침 식사의 대표적인 메뉴는 크루아상croissant과 빵 오 쇼콜라pain au chocolat이다. 프랑스에 여행 온 사람들은 이 빵들을 아침 식사로 먹으며 프렌치 느낌을 즐기지만, 정작 프랑스의 바쁜 직장인들은 그런 사치를 매일 아침 누리지 못한다. 일반적으로 어른들은 커피에 잼이나 버터를 바른 토스트를 먹고, 아이들은 우유 부은 시리얼이나 빵 오 레pain au lait(우유빵) 정도를 먹고 집을 나선다.

나와 남편도 아침엔 커피와 잼을 바른 토스트를 먹는데, 커피엔 가끔 두유를 넣어 마시고 잼 대신 비건 버터를 바르 기도 한다. 아침 식사는 비건이 되기 전이나 후나 별로 달라 진 것이 없다. 프랑스어에서는 아침 식사를 쁘띠 데쥬네petit déjeuner라고 부르는데, '작은 공복 풀기'라고 풀어쓸 수 있다. 밤새 공복 상태였던 배를 살짝 풀어준 다음 점심으로 데쥬 네déjeuner, 완전히 풀어주는 것이다.

맛있는 커피를 마시면서 책을 읽……기도 하지만, 보통 은 스마트폰을 본다. 비행기 모드를 해제하고, 메일을 확인 한 후, 곧장 SNS로 향한다. 예전엔 이 귀여운 아침 식사 동안 서로가 각자의 폰에 집중하는 게 아쉬웠다. 그런데 어느샌가 우리의 SNS는 비건, 환경, 정치, 페미니즘, 동물(특히 고양이) 등 으로 채워졌고, 새로 올라온 소식들을 서로 공유하며 이야 기하는 즐거움이 생겼다. 우리는 프랑스 시골에서 약간 고립 적인 삶을 사는 데다가 집엔 텔레비전도 라디오도 없다. 그 래서 일부러 뉴스를 검색해서 찾아보거나, 관심 있는 단체의 SNS를 통해야 궁금한 세상 소식을 접할 수 있다. 한국과 프 랑스의 소식을 비교하는 재미도 쏠쏠하다.

아무래도 현재 우리의 관심을 가장 많이 끄는 소식은

비건이다. 정부의 채식 관련 정책, 새로 생긴 비건 식당 주인의 인터뷰, 한 사람이 한 달 동안 채식을 했을 때의 신체 변화 연구……. 그중에서도 우리의 눈길을 사로잡는 건 먹음직스러운 비건 음식. 커피잔을 치우기도 전에 우린 SNS를 통해 점심 메뉴를 고민한다. 안 그래도 나는 유난스레 자주 음식 생각을 하는 경향이 있지만, 남편도 이렇게 일찍 점심을 고민하는 이유는 미리 메뉴를 정해야 점심시간 몇 시간 전에 콩을 미리 불려두거나 반죽을 휴지시키는 등 밑 준비를 해둘 수 있기 때문이다.

점심 식사 준비를 위해 들어선 우리의 주방은, 아침 식사 때보다는 뭐랄까……. 좀 더 비건 티가 난다. 일단 조리도구부터 차이가 난다. 생선 껍질을 벗기는 도구도, 어류용/육류용/채소용을 구분한 색색의 도마도, 치즈용 칼이나 강판도 없다. 대신 믹서기는 아주 유용하다. 특히 비건 마요네즈나 후무스를 간단하게 만드는 데 큰 도움을 받는다. 냄비 크기는 좀 작다. 아주 오래 끓여야 누린내가 빠지고 맛이 제대로 배는 일반적인 동물성 육수는 보통 큰 솥에 미리 끓여두고 보관하는 경우가 많은데, 쓰고 남은 채소 껍질 등을 넣어 만드는 간단한 식물성 채수는 핏물을 뺄 필요도 없고 20~30분이면 금방 우러나기 때문에 굳이 많은 양을 미리 해둘 필요가 없다. 한 번에 많은 양을 끓이는 스튜나 조림 요리도 마찬가지다. 콩이 유일하게 오래 걸리는 편이지만 질량 대비 열량이 상당하므로 한 번에 많은 양을 하진 않는다.

냉장고는 좀 작은 편이지만 공간이 부족하진 않다. 특히 냉동실은 적당히 비어 있다. 보통 냉동실에 넣는 식품들은 생선이나 고기, 치즈, 아이스크림, 각종 즉석 식품들이기 때문이다. 급속 냉동을 하는 시판 냉동 채소가 아닌 이상, 일반 가정집에서 바로 냉동실에 얼릴 수 있는 채소는 꽤 한정되어 있으니 우리는 넣을 음식이 거의 없다. 채소도 얼릴 수는 있지만 냉동실에서 영양소나 질감이 상당히 파괴되기 때문에 권하기 어려운 보관법이다. 바쁜 비건 직장인들은 이런 점이 아쉬울 수 있겠다. 우리 부부는 매일 요리를 할 시간이 비교적 많은 편이라 그때그때 먹을 만큼만 적당히 만들어 먹는다.

냉장고도 작고 도마도 하나뿐인 주방에서 점심을 준비하고 맛있게 먹고 나면 이제 무엇이 남을까? 설거지와 음식물 쓰레기 처리가 남는다. 비건이 되어서 좋은 것 중 하나는 음식물 쓰레기 고민을 거의 하지 않는다는 것이다. 우린 음식물 쓰레기를 모아 마당 한구석에서 발효시킨 후 비료로 만들어 쓴다. 이건 텃밭이 있는 사람이면 누구나 가능하지 않느냐는 질문을 받을 수 있는 부분이지만 비건이 아니라면 음식물 쓰레기로 비료를 만드는 데 더 복잡한 과정과 노력이 필요하다.

비료에는 동물성 식품이 들어가면 안 된다. 달걀 껍질도 딱딱해진 치즈도 생선 뼈도 좋은 비료를 만드는 데 방해가 되는 요소이다. 비건인 우리는 재료를 준비하고 요리하고 설거지하면서 나오는 음식물 쓰레기들을 따로 분리하거나 처리할 필요 없이 전부 모아 퇴비통에 넣으면 끝이다. 몇 주 뒤 퇴비통을 한 번 뒤적이면 아랫부분엔 벌써 까맣고 부드러운 좋은 퇴비가 만들어져 있다. 보면 볼수록 신기한 모습이다. 밭에서 채소를 수확해 먹고, 남은 찌꺼기를 모아 퇴비를 만들고, 퇴비가 다시 땅으로 돌아가 채소를 키우는 모습을 두 눈으로 목격할 수 있다. 이 과정에서 제외되거나 버려지거나 방해되는 요소가 하나도 없다. 비건은 정말 깨끗하고 멋진 순환 생활을 가장 효과적으로 가능하게 해준다.

각자 밭일을 하거나, 집 보수 공사를 하거나, 글을 쓰거나, 촬영을 하는 등의 할 일을 마치고 나면 남편이 가장 좋아하는 아페호apéro(프랑스에서 식사 전에 마시는 술인 아페리티프의 줄임말) 시간이 돌아온다. 맥주 한잔이나 레모네이드 등에 견과류나 마른 과일 같은 간단한 안주를 곁들여 하루를 마무리하는 것이다.

이때 동네 길고양이 밥도 챙겨주는데, 얼마 전에 산 곤충 사료를 꽤 맛있게 먹는다. 고양이과의 동물은 완전 채식을 하기 힘들다는 의견이 많아서 대안으로 곤충 사료를 시도했다. 시골 길고양이라 곤충이나 쥐를 잡아먹는 모습도 보았고 일반 사료보다는 나을 것 같긴 해도, 여전히 고민이 많다. 우리가 음료를 마시는 동안 겁이 많아 멀찍이 떨어져 아지작 아지작 밥을 먹는 고양이를 물끄러미 바라보면서, 어떤 선택을 해야 이 아이도 나도 그리고 사료를 둘러싼 여러 존재들도 조화롭게 살아갈 수 있을지 잠시 생각에 빠지곤 한다.

저녁엔 가끔 외출을 하는데, 작업하기 편한 옷을 입다가 신경 써서 옷을 갈아입는 유일한 시간이기도 하다. 두 사람 다 옷이 매우 적은 편이라 옷장 서랍을 열면 가진 옷이 한눈에 들어오는데, 대부분 식물성 소재로 만들었거나 합성 섬유로 된 옷들이다. 비건이 된 이후에도 우리는 옷을 천천히 바꿨다. 아니, 바꿨다기보다는 채워 넣었다가 더 맞겠다.

애초에 동물 털로 만든 옷이 거의 없기도 했지만, 있더라도 낡고 낡아 찢어지고 색이 완전히 바랠 때까지 입다가 처분하는 쪽을 선택했기 때문이다. 비건이 되었다고 해서 가진 옷을 전부 처분하고 새 옷을 살 만큼의 의욕도 돈도 없었다. 이제 나에겐 캐시미어 목도리 하나가 남았는데, 재질보다는 색상과 형태를 정말 좋아하는 것이라 참 어려운 숙제이다. 좋아하는 만큼 존재감도 커서, 매고 나서면 이것이 캐시미어라는 것, 오늘 내가 가치관보다는 취향의 손을 들어주었다는 것을 자꾸만 상기시킨다. 아직 멀쩡하고 여전히 좋아하지만 맬 때마다 이렇게 속이 시끄러울 바엔 보내주는 편이 낫겠지.

하루는 수많은 선택의 연속이라지만, 비건이 되고부터는 이 선택지들이 눈앞에 더 확연하게 드러나기 시작했다. 비건이니까 어떤 것을 할 수 있고 없고 하는 선택의 폭이 달라졌다기보다는, '선택'이라는 행위 자체가 감각적으로 온몸에 전해진다고 표현할 수 있겠다. 나의 선택이 눈앞이나 귓가, 코 주변을 둥둥 떠다니는 느낌이다. 아침에 마시는 두유 커피 위로, 자극적이지만 생생한 SNS 피드 위로, 나도 모르게 서서히 달라지고 있는 주방과 집 그리고 마당 위로, 허겁지겁 그릇을 비우는 오동통한 고양이 얼굴 위로, 슬쩍 걸친 목도리 위로, 오늘 내가 한 선택들이 어떤 모양, 냄새, 소리로 두둥실 떠다닌다.

여전히 고민도 많고 실수도 하고 섣불리 어깨를 폈다가 움츠러들기도 하지만, 매일 내 눈앞을 떠다니는 선택들이 날 붙잡아준다. 잘 하고 있다고, 최선을 다했느냐고, 계속 고민해보자고 말을 건넨다. 이런 말들이 곁에 머무는 한 두려울 것은 없다. 앞으로도 내 선택을 계속 의식하면서 씩씩하게 살아가고 싶다.

그리고 달라진 풍경들

몰랐다. 손에 닿고 코끝을 스치고 입안으로 들어오는 모든 것들이 계절을 말해준다는 걸. 수없이 만나는 채소와 과일들에 깊은 애정을 주기 전까진 정말 몰랐다. 숲길 위로 도토리가 하나둘 떨어지고, 빽빽하던 숲에 가려졌던 언덕 너머 풍경이 천천히 모습을 드러낼 즈음, 거실의 화목난로 주변은 슬금슬금 북적이기 시작한다. 가장 먼저, 때를 놓치면 한 해를 더 기다려야 하는 야생 버섯들을 채취해 얇게 편을 썰어 말림으로써 우리만의 가을걷이를 알린다. 뒤이어 야생 시금치가 나란히 줄을 서고, 운이 좋은 해엔 무청도 옆자리를 차지해 난롯가 풍경을 장식한다.

이후 밤도 도토리도 모두 떨어지고 첫눈이 내리기 직전,

이맘때쯤이면 시부모님의 이웃 분이 보내주시는 작고 무척 달콤한 유기농 사과 두 상자를 맛볼 차례가 온다. 그제야 가을을 무사히 보내줄 수 있다. 갓 딴 사과는 그냥 썰어서 먹고, 샐러드에 넣고, 캐러멜로 조리고, 타르트로 구운 다음에도 늘 한 상자 정도가 남는다. 잼으로 만들거나 주스를 만들 수도 있겠지만 역시 가장 손쉽게 먹을 수 있고 나누기 편한 건 사과 말랭이가 최고다.

사과 말랭이를 만드는 날은 어쩐지 경건하다. 넓게 펼쳐 늘어놓을 수 있도록 우선 집안 청소부터 시작한다. 테이블 위를 말끔히 치우고 먼지가 들러붙지 않게 천장 위도 한번 빗자루로 쓱 쓸어준다. 집에 화목난로가 있어서 벽과 천장에 잿가루가 많이 들러붙는다. 사과를 깨끗이 씻어 말리는 동안 가장 큰 도마와 잘 드는 칼, 서랍 깊숙이 숨겨둔 사과 씨 빼는 도구도 씻어 준비한다. 깨끗한 실과 가위도 가지런히 옆에 두고 나서야 도마 앞에 앉는다.

날이 추워지기 시작하면 마당 한구석 작은 집에 새 모이를 담아두는데, 며칠 지나면 종일 새소리가 끊이질 않는다. 음악 대신 집 안으로 흘러드는 새소리를 들으면서 사과 말랭이를 만드는 몇 시간 동안은 조용한 숲속을 산책할 때처럼 머릿속이 맑아진다. 씨앗을 빼고, 편을 썰고, 실을 적당한 간격으로 넣어 묶은 다음 한쪽으로 밀어둔 사과들을 미리 천장에 매달아둔 빨랫줄에 하나씩 건다. 뒤로 물러나 결과물을 보는 순간엔 아이처럼 눈을 반짝이게 된다.

"크리스마스 같아!" 아닌 게 아니라 사과 말랭이를 말리면 며칠 동안 집 안이 무척 예쁘고 향기롭다. 사과가 마를수록 향이 더 진하다. 방향제용으로 일부러 말랭이를 말려도 괜찮을 정도다. 그렇게 사과 모빌 아래에서 따뜻한 차 한잔을 나누다보면 문득 한국의 겨울 풍경이 눈앞에 떠오른다.

어릴 적 우리 집엔 계절마다 이런저런 풍경이 많았다. 마당 구석의 보리수 열매를 따서(따다가 절반은 입에 넣고) 담근 과실주가 뒷마당에 줄을 서고, 선산에서 주워온 밤 한 포대가 주방 한구석에서 겨울을 기다렸고, 산더미만 한 배추를 이리저리 돌려가며 양념을 바르는 엄마 옆에서 거의 반 포기는 얻어먹던 내가 있었다.

가장 좋아했던 겨울 풍경은 고구마와 함께다. 찐 다음 먹기 좋게 자른 고구마를 마당 한가득 널어놓는데, 다 마르면 그대로 엿이나 달고나 사탕처럼 쫄깃하고 달콤한 최고의 간식이 되었다. 가끔 손님이 오면 벽난로가 있는 방에서 고구마를 구워 먹던 풍경도 좋았다. 겨울 방학 첫날 만화 영화를 보며 텔레비전 앞에 남매가 나란히 앉아 이불을 둘러쓰고 찐 고구마와 귤을 까먹으면 세상 부러울 것이 없었다.

프랑스의 겨울은 고구마가 아닌 감자가 점령했다(다른 계절도 마찬가지지만 겨울은 거의 독재나 다름없다). 이곳 사람들은 감자를 워낙 좋아해서 사시사철 튀겨도 먹고, 쪄서도 먹고, 버터와 밀가루 반죽에 섞어서 구워도 먹지만, 겨울이면 유독 감자를 곁들이는 고기와 치즈 요리가 많아진다.

전용 핫 플레이트를 식탁 가운데에 놓고 작은 팬에 치즈를 녹여 햄과 감자 위에 뿌려 먹는 라클렛raclette, 소시지, 돼지고기, 감자 그리고 소금에 절인 양배추를 함께 삶아 먹는 슈크루트choucroute, 얇게 썬 감자에 호블로숑 치즈를 통째로 넣어 구워낸 타르티플레트tartiflette, 으깬 감자와 치즈를 열심히 휘저어서 주욱 늘린 알리고aligot. 정정해야겠다. 프랑스의 겨울은 감자와 치즈 그리고 돼지고기가 점령했다.

프랑스에서 겨울은 고기와 유제품의 풍경이 더욱 진해지는 계절이다. 프랑스에서 나고 자란 남편이 가장 힘들어하는 계절이기도 하다. 프랑스 토박이 남편에겐 내게 없는 그만의 겨울 풍경이 자리한다. 어릴 적부터 크리스마스트리만큼이나 강력하게 자리 잡은 프랑스 겨울 음식 풍경. 그에겐 아직 감자와 치즈, 소시지가 난무하는 추억의 겨울 요리를 완전히 잊고 지내는 것이 그렇게 편안하지만은 않다.

그 옆에서 묵묵히 내가 기억하는 한국의 풍경을 재현해보았다. 엄마가 그랬던 것처럼 김치통을 열심히 씻고 귀한 배추를 키우려 텃밭을 정리한다. 채수를 만들 때 쓰기 좋은 버섯을 미리 말리며 곧 먹을 수제비를 기대한다. 곶감용 감 대신 사과를 말려 겨울 간식을 준비해둔다. 동반자에서 부부로 그가 나와 함께 한 세월도 어느새 10년이다. 그동안 난 내가 할 수 있는 겨울 풍경을 재현해왔다. 그의 추억을 소환하는 것은 어렵지만 우리만의 새로운 추억과 풍경을 만들 수 있을 거라고 믿는다.

텃밭이 생기고 숲 근처에 살기 시작하면서 우리의 계절은 더 뚜렷해졌다. 야생 꽃이 흐드러진 풍경 앞에서 화려한 샐러드 한 접시를 그리고, 감당하기 힘들 만큼 금세 커버리는 호박들을 수십 가지의 요리법으로 돌려 먹다 보면 주황색 늙은 호박이 자리를 차지하는 가을이 성큼 다가와 있다. 가을 하면 갈색과 주황색이 떠오르는 이유가 낙엽 때문인 줄만 알았더니 식탁도 비슷한 색감으로 물들어서였다. 이웃집에서 제발 좀 가져가라고 한가득 안겨주는 온갖 종류의 늙은 호박과 맨손으로 돌아오기 힘든 산책길에서 한 바구니 채워온 버섯, 밤, 도토리 들은 텃밭이 서서히 사그라드는 추운 계절에 고마운 식재료가 되어준다.

프랑스식으로 밤과 호박을 넣은 크림 스튜, 마늘과 파슬리, 올리브유를 넣어 알맞게 볶은 버섯, 쫀득쫀득 향긋한 한국식 호박전. 그러고 보면 제철 작물은 무엇보다 색을 통해 알 수 있다. 봄엔 분홍색과 연두색, 여름엔 쨍한 초록색과 빨

간색, 가을엔 갈색과 주홍색, 겨울엔 흰색과 검은색.

채소를 가까이하고 몇 계절을 보내니 이런 색감과 풍경의 변화가 익숙해지기 시작했다. 봄 하면 떠오르는, 겨울 하면 떠오르는 풍경이 차근차근 달라진다. 어린 시절부터 쌓아온 추억의 음식들은 분명 내면에 강력하게 남아 있지만, 사랑하는 사람과 행복하게 먹은 계절 음식도 쉽게 잊힐 수 없는 장면으로 남을 것이다. 앞으로 우리에게 남은 계절과 풍경들이 더욱 기대되는 이유다.

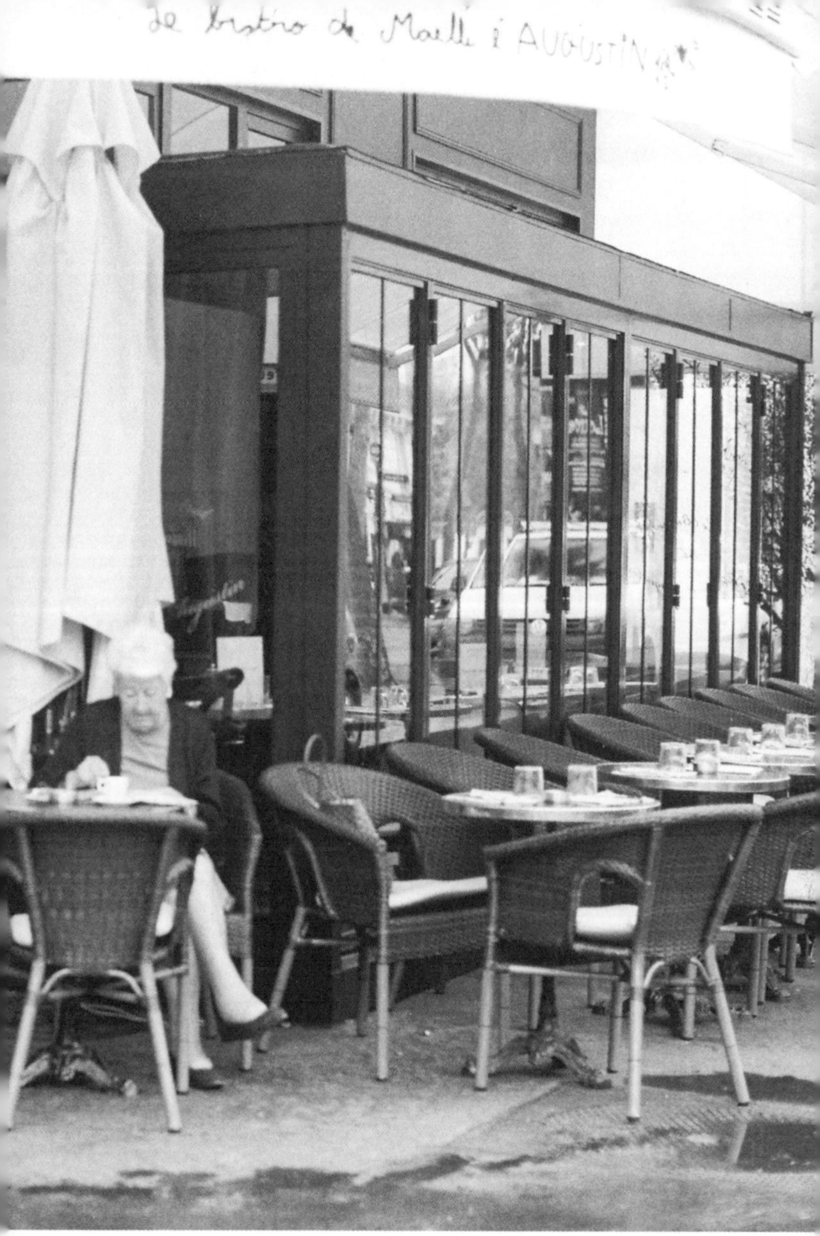
le bistro de Maelle : AUGUSTIN

평범한 외식이 그리울 때

어느 초겨울, 시부모님이 우리를 만나러 오셨다. 한 번 오시면 대개 3일 정도 머물다 가시는데, 꼭 한 번 정도는 우리를 레스토랑에 초대하시는 게 당연한 코스로 자리 잡았다. 잠자리와 식사를 대접받는 것에 대한 보답으로 여기시는 듯했다. 두 분이서 따로 레스토랑에 갈 일은 드물다며, 우리를 보러 오신 김에 괜찮은 레스토랑을 알아보는 것이 하나의 즐거움이라고 하셨다. 그런데 내가 비건임을 알린 이후로 두 분의 소소한 즐거움 하나가 복잡해져버린 것이다. 우리를 만나러 와도 괜찮겠냐고 물어보시고는 조심스레 덧붙이셨다. "이제 외식은 어렵겠지."

문자를 읽어주면서 곤란한 표정을 짓는 남편에게 자신

있게 말했다. "걱정 마. 이럴 줄 알고 비건 메뉴가 있는 레스토랑을 알아뒀으니까." 선택지는 다양하지 않지만 그래도 갈 수 있는 레스토랑이 있는 게 어디냐고 기분 좋게 시부모님께 알리려던 찰나, 레스토랑 홈페이지를 들여다보던 남편이 다급히 소리쳤다. "여기, 겨울 시즌에는 문 닫는다는데?" 이럴 수가. 정말이었다. 관광지에 위치한 레스토랑이라 성수기에만 문을 연다고 한다. 프랑스엔 이렇게 오래 바캉스 기간을 갖는 곳이 꽤 많다. 급히 다른 비건 메뉴가 있을 법한 레스토랑들을 찾아봤지만 멀리 있는 건 둘째치고 모두 겨울에는 운영을 안 했다.

결국 시부모님께선 우리를 만나러 오셔서 처음으로 외식 없이 지내다 가셨다. 외식 없이도 충분히 즐거운 시간을 보내긴 했지만, 비건이라고 함께 외식하는 즐거움이 사라지는 건 아니라는 걸 증명하고 싶었는데……. 특히 날이 좋았던 어느 날, 함께 아름다운 동네를 산책하다 한 식당에서 새어 나오는 고소한 냄새가 우리의 발길을 잡았다. 햇빛이 난틈을 타 사람들이 모두 테라스에 앉아 기분 좋게 식사 중이었다. 마음에 돌덩이 하나가 들어앉은 것 같았다. 조심스레 남편을 붙잡았다. "나 샐러드 하나 시켜서 채소만 골라 먹고 나머지는 네가 먹으면 되니까 그냥 들어가자고 할까?" 남편도 망설이는 얼굴이었다. 뭔가 지금의 분위기는 저 사람들처럼 레스토랑에 들어가 햇볕을 즐기며 점심을 먹지 않으면 온 종일 아쉬울 것만 같았으니까. 시부모님의 시선도 자꾸만 식탁 위 곱게 차려진 음식에 머무는 것만 같았다. 우리는 잠시 고민하다 결국 집으로 돌아가기로 했다. "아쉽긴 한데, 너는 어정쩡하게 먹으면서 우리만 맛있게 식사하는 거, 나도 싫고 부모님도 불편해하실 거야."

비건이 된 이후, 프랑스에서 외식한 날은 한 손으로도 셀 수 있다. 파리 같은 대도시에 살았다면 선택의 여지가 다양했겠지만 난 지금 프랑스 산속 한가운데에서 지낸다. 이곳이라고 식당이 없는 것은 아니고, 관광지여서 나름 소규모 레스토랑도 곳곳에 분포되어 있는 편이다. 그럼에도 프랑스에 사는 서민 비건에게 선택권은 야박하기만 하다.

한국에선 국수 한 그릇이나 해장국 한 그릇 등의 간단한 식사를 만 원 이하로 해결할 수 있는 식당이 있지만, 프랑스에서는 만 원 이하의 음식을 찾아보기 힘들다. 값이 비교적 저렴한 음식은 대부분 케밥이나 피자, 햄버거 정도인데 그나마도 꽤 비싼 편이다. 패스트푸드가 아닌 제대로 된 외식을 한 번 하려면 기본 삼만 원 정도는 각오해야 하니 나 같은 평범한 서민은 레스토랑에 쉽게 갈 수 없다.

그런데 비건이 되면서 패스트푸드는 자연스럽게 선택지에서 제외됐다. 프랑스에 부는 비건 열풍에 힘입어 채식 메뉴를 한두 가지 추가한 패스트푸드 브랜드도 더러 있지만, 시골에서는 그 브랜드를 찾아보기 힘들고, 동물 복지와 환경과 건강에 전혀 도움이 되지 않는 패스트푸드를 찾는 것 자체가 이질적으로 느껴져 굳이 찾아보지 않았다. 그래도 어쩔 수 없이 외식이 필요한 어떤 비건에겐 선택지가 하나라도 더 늘어나는 일이 분명 중요할 것이다. 결국 지방에 사는 비건에게 외식은 값이 비싼 레스토랑밖에 남지 않는데, 그마저도 없어서 못 가는 실정이다.

프랑스 음식의 세계는 정말이지 광활하다. 조리법도 어마어마하게 많고 식자재도 이웃 나라에 비해 아주 풍부한 편이다. 잘 알려졌다시피 격식도 잘 갖춰져 있어서, 아주 작은 식당도 전식-본식-후식의 코스로 메뉴가 짜여 있다. 단품 요리도 잘 갖춰져 있지만, 한국에서 흔히 볼 수 있는 '○○ 전문점' 같은 식당은 거의 없다고 보면 된다. 좋게 보면 어느 식당엘 가도 격식에 맞춰 안정적인 식사를 할 수 있고, 나쁘게 보면 어느 식당엘 가도 비슷비슷한 재료와 조리법의 식사를 해야 한다는 것이다. 조금 더 메뉴가 다양하고 새로운 음식을 자주 개발하는 식당은 가격대가 높은 편이다. 그러니 나 같은 서민은 외식 한 끼에 몇만 원씩 내는 게 부담스럽고, 그렇다고 저렴한 식당만 찾아다니자니 늘 비슷한 음식을 먹어야 하는 억울함이 있었다. 그런데 이제 그런 억울함마저 추억이 되었다.

집에서도 얼마든지 맛있게 잘 차려 먹을 수 있기 때문에 평소엔 큰 억울함을 느끼지 않지만, 가끔 그런 날이 있다. 누가 차려주는 음식을 먹고 싶은 날, 특별한 일을 특별한 음식으로 기념하고 싶은 날, 적당히 맛있는 음식을 풍요로운 분위기에서 먹고 싶은 날. 그런 날 나는 어디로 가야 할지 잘 모르겠다.

작년 여름, 성수기에 잠깐만 문을 여는 그 레스토랑을 드디어 찾아갔다. 제일 기억에 남는 것은 다른 가족들과 똑같은 태도를 갖출 수 있었다는 점이다. 평범하게 요리를 주문하고, 재료를 일일이 확인할 필요 없이 식사를 즐기고 배부르게 식당을 나선 것이다. 너무 오랜만에 겪는 '평범한' 외식이었다. 앞의 '평범함'에 따옴표를 걷어내기 어려운 것은 그날 코스 요리의 가격이 오만 원이 넘었고, 비건 메뉴는 단 하나만 있어 다른 이들처럼 취향대로 골라 주문하는 자유로움까진 누릴 수 없었기 때문이다. 비건 메뉴가 있는 유일한 레스토랑이 아니었다면 평소엔 오기 힘든, 계산서 앞에서 어깨를 펴기 힘든 그런 곳이었다.

내가 사는 시골을 벗어나 도시로 나가면 프랑스에서도 이젠 비건 메뉴나 채식 레스토랑을 꽤 쉽게 찾아볼 수 있다. 비건 메뉴를 들일 거라는 패스트푸드 브랜드도 상당히 많아졌다. 다양하고 저렴한 비건 음식도 가능하다는 인식이 천천히 늘어나는 중이다. 다만 여전히 비건을 일종의 모드 mode(유행)로 받아들이는 사람이 더 많고, 그에 비중을 맞춘 음식이 대부분인 것도 사실이다.

맞춤한 곳이 없다고, 갈 데가 없다고 불만만 토로한들 당장 바뀌기는 어려울 거다. 대신 덕분에 꿈을 하나 얻었다. 나 같은 서민 비건을 위한 레스토랑을 언젠가 열고 말겠다고. 누군가 비건이 아닌 가족과 함께 와서 "비건이어도 이렇게 적당한 값의 다양한 메뉴를 먹을 수 있어요!"하고 어깨 펼 수 있는 장소를 만들 거라고. 비건도 가족과 테라스에 앉아 햇빛을 쬐며 사람들의 발길을 잡는 멋진 레스토랑을 누릴 수 있다고.

상상해 본다. 함께 산책하다 고소한 냄새에 끌려 자연스럽게 자리에 앉아 원하는 음식을 마음껏 주문할 수 있는 비건의 하루를. 여유가 없는 비건도 지갑 사정에 맞게 외식할 수 있는 장소가 곳곳에 널려 있는 모습을. 비건이 유행도 사치도 아닌 평범한 생활 그 자체가 되는 날을.

어떤 색다른 노엘

그날이 오고야 말았다. 두둥. '아니, 저기, 그러니까 저는 아직 준비가⋯⋯' 하고 내뱉을 새도 없이 세상에 나온 햇병아리마냥 나를 안절부절 벌벌 떨게 만드는 그날이 왔다. 따다다단. 머릿속에 온갖 격정적인 음악이 휘몰아치게 하는 그날은 바로 프랑스 최대의 명절, 크리스마스, 노엘Noël이다.

비건이 되고 싶다고 선언한 뒤 맞이한 첫 노엘은 혼란의 밤이었다. 나뿐만 아니라 남편과 시댁 식구들 모두 이 당혹스러운 교집합을 어떻게 받아들이고 맞춰주어야 할지 혼란스러운 눈치였다. 밤새 공기 중을 떠다니던 갈 곳 잃은 말들과 눈빛들⋯⋯. 뭐랄까, 애초에 '비건'이라는 집합과 '노엘'이라는 집합에 교차점을 찾는 것 자체가 불가능해 보였다.

여느 명절이 그렇듯, 푸짐한 음식을 빼놓고 평화로운 명절을 떠올리기란 쉽지 않다. 밖에 눈이 내리건 외계인이 내려오건 따뜻한 집 안에 온 가족이 거실에 모여 값비싸고 오색찬란한 음식들을 넘치도록 먹고 또 먹는 게 프랑스의 보편적인 명절 모습이다.

정말이지 프랑스 사람들은 음식을 진심으로 좋아한다. 모든 음식을 거리낌 없이 잘 먹는다거나 다들 요리를 잘한다는 말이 아니다. 지독하게 편식을 하는 사람이나 주방 근처엔 얼씬도 안 하는 사람부터 프랑스 음식에 있어 어떤 자부심, 애정, 유대감을 조금이라도 가진 프랑스 사람들의 공통점은 노엘과 노엘 음식을 특별하게 여긴다는 것이다. 이들에게 노엘은 그들의 음식 사랑을 끝없이 표출할 수 있는 신성한 날이라고 볼 수 있다.

직접 만들어온 푸아그라, 레몬으로 정성스레 장식한 생굴 한 접시, 심하게 프랑스다운 버터를 곁들인 훈제 연어, 커다란 뿔닭을 냄비 가득 넣고 와인에 끓인 스튜, 더는 아무것도 먹지 못할 것 같을 때 식탁에 놓이는 치즈 플레이트, 뷔슈 드 노엘bûche de noël(통나무 모양 케이크)까지. 무척이나 '명절스러운' 음식들을 넘치도록 먹으며 올해는 푸아그라에 소금을 덜 넣었더니 훨씬 낫다거나, 호블로숑 치즈는 어떤 온도에 보관해야 맛이 가장 살아나더라 하는 등의 음식 이야기를 밤

새 지치지 않고 나누는 모습은 경이롭기까지 하다.

해산물, 생선, 고기, 치즈, 케이크 등이 난무하는 테이블에서 신랄하게 오가는 이야기는 비건과는 상당히 거리가 멀다. 그날 난 처음 보았다. 논리적이고 유머러스한 프랑스인들의 화려한 말솜씨가 갈 곳을 잃고 대화의 끈이 자꾸만 퍼석퍼석 바스러지는 모습을. 습관적으로 많이 준비해 놓은 동물성 명절 음식은 과했고, 자부심, 애정, 유대감을 담아 신랄하고 부드럽게 흘려보내기에는 이야기가 부족했다. 여기저기서 조금씩 건네 들은 비건에 대한 편견 섞인 궁금증을 해소하기엔 나의 정리되지 않은 소박한 의견과 설명은 충분하지 않았다. 가족들은 내가 이 자리를 불편해하는 것을 걱정했고, 난 가족들이 나 때문에 불편한 명절을 보낼까 안절부절못했다. 10년 전 처음 시댁 식구들을 만났던 날도 이날보다는 덜 혼란스러웠던 것 같다.

그러고서 두 번의 노엘을 더 보냈다. 남편의 가족들은 노엘 음식을 저마다 준비해서 모이는 걸 좋아한다. 모이기로 한 집의 주인은 따뜻한 메인 요리를 준비해두고, 나머지 식구들은 각자 음료, 전식, 디저트 등을 맡아 서로 부담을 줄이려는 것이다. 가족들은 평소대로 푸아그라, 훈제 연어, 굴 등을 챙겨오면서도 후무스나 채소 샐러드를 조금씩 챙겨왔다. 그러다 놀랍게도 지난 해엔 거의 완벽히 비건에 가까운 노엘을 보냈다. 각자 그리스식 오이 샐러드, 당근 샐러드, 가지 캐비어(익힌 가지를 으깨 만든 요리), 채소 찐빵, 감자 구이, 채소 파르씨farci(속을 파낸 채소 안에 소를 넣고 오븐에 구운 요리), 비건 초콜릿 무스, 비건 아몬드 파이를 준비한 것이다. 커다란 테이블엔 삶은 달걀과 치즈를 제외하곤 모두 비건식 요리가 올라왔다.

신기하고 고마웠다. 모두 비건 요리엔 서툰 편이지만 배려가 넘치는 음식을 만들어 모인 이 노엘이 내가 알던 프랑스의 노엘이 맞는 건가 의심스러울 정도였다. 푸아그라도 소시지도 굴도 큰 닭구이도 없는 노엘이라니! 그렇다고 바로 마음 놓고 즐길 순 없었다. '모두들 진심으로 이런 노엘을 반기진 않겠지. 진짜 노엘이 아니라고 아쉬워하는 건 아닐까' 하고 눈치를 봤으니까. 그러던 중 한 조카가 이렇게 말했다. "어제 할머니 집에서 명절 음식 지겹도록 먹고 와서 그런가. 이렇게 색다른 노엘도 좋네!" 그 말에 다들 기다렸다는 듯 한마디씩 거들기 시작했다. "그래 이제 푸아그라랑 닭도 슬슬 질리긴 하지." "우린 다음 주 새해 전야 파티 때도 그런 거 또 먹을 거라, 오늘 안 먹어도 하나도 안 아쉬워."

정신이 바짝 들었다. 그렇구나. 우리 부부는 한 번의 노엘 식사만 보내고 새해 전야 파티도 둘이서 조용히 보내는 편이라 '1년에 한 번뿐인 노엘 저녁'이라는 타이틀이 당연하다고 생각했다. 그런데 다른 가족들은 최소 두 번의 노엘과 푸짐한 새해 전야 파티로 연말이 빽빽하게 차 있다는 걸 몰랐다. 우리랑 보내는 비건 지향적 노엘이 오히려 신선하게 느껴질 수도 있겠구나. 일반적인 전통 명절 음식이 아니더라도 새로운 가족만의 전통을 조금씩 함께 만들어가는 걸 의외로 가볍게 받아들이는구나. 그 순간 모두가 함께 깨달은 것 같았다. 그때부터 다시 식탁 위로 편안하게 음식 이야기가 오가기 시작했다.

채소 찐빵은 오븐에 구워서도 만들 수 있나? 이 초콜릿 무스는 달걀흰자 비린내가 안 나서 좋네! 뭘 대신 넣은 거지? 하는 가벼운 이야기부터 조금 예민한 주제의 이야기도 이젠 훨씬 더 익숙하게 질문하고 답변할 수 있다. 서로가 서로를 걱정하고 미안해하는 마음을 훌쩍 걷어내고 '어떤 색다른 노엘'을 함께 만들어가는 중이라고 생각이 합쳐지자 정말 편안했다. 어차피 명절엔 다 같이 모여 즐겁게 지내다 가면 제일 아닌가. 서로가 서로의 가족임을 자랑스럽게 여기고 의지할 존재가 곁에 있음을 감사히 여기며 집으로 돌아갈 수 있다면, 그보다 더 멋진 노엘을 보낼 순 없을 것이다.

이젠 노엘을 두려워하지 않기로 했다. 가족들은 매해 연말이 되면 생소한 재료나 레시피와 싸움하느라 고생하겠지만, 미안해하는 대신 맛있게 먹고 실컷 음식 이야기를 나누는 데 집중하려고 한다. 세상의 수많은 가족들이 저마다 다르듯 우리도 세상의 수많은 노엘 중에 어떤 한 노엘을 만드는 중일지도 모른다. 비건이건, 논비건이건, 비건 지향적이건, 비건 비관론적이건 상관없이 산더미 같은 비건 음식을 쌓아 놓고서 자부심, 애정, 유대감이 가득한 음식 이야기를 나눌 수 있는 그런 노엘. 그런 색다른 노엘 하나쯤은 세상에 있어도 되지 않을까.

비우고 다시 채우는
장바구니 이야기

우리 두 사람의 한 달 식비는 이십만 원 정도가 나온다. 이 금액은 4년 가까이 변하지 않았다. 내가 비건이 된 이후에는 오히려 더 적게 나오는 달이 많아졌다. 하지만 우리가 궁색한 식탁으로 버티는 건 아니다. 한식이건 프랑스식이건 좋아하는 음식을 자주 해 먹고, 손님 초대도 빈번하게 한다. 남편은 맥주를 좋아해서 좋은 브라스리brasserie(양조장)가 멀지 않은 동네에 있는 걸 커다란 행운으로 여기고, 난 과일을 좋아해서 시장에만 가면 장바구니 손잡이가 뜯어질 때까지 과일을 담아온다. 그럼에도 식비가 꽤 적게 나오는 편이다.

언제든 생활비 이야기를 꼭 하고 싶었다. 비건은 돈이 많이 든다는 걱정을 하도 많이 들어왔기 때문이다. 친환경, 유기농 식재료를 떠올리면 일리 있는 생각이지만, '맞다, 아니다'로 대답할 수는 없다. 비건이어도 저렴하게 생활할 수 있고, 비건이 아니라고 꼭 돈이 덜 드는 생활을 한다는 보장도 없다. 우리는 비건임에도 돈이 많이 필요하지 않다고, 이런 비건도 있다고 한 번쯤 보여주고 싶었다.

보통 일주일에 한 번 정도 장을 보러 간다. 이왕이면 시장이 열리는 날에 나가서 채소는 되도록 지역 농부에게 직접 사는 편이다. 몇 번 가다 보니 나중엔 아는 얼굴이라며 덤도 가득 얹어주고 깎아주기도 해서 장 보는 재미가 있다. 커다란 장바구니가 가득 차도 이만 원 남짓. 풍족한 여름엔 여기저기서 덤으로 얻은 허브들로 가득 차서 장바구니가 두 개는 있어야 한다.

다음으로 시장에서 살 수 없는 재료를 사러 마트에 간다. 다행히 멀지 않은 곳에 유기농 매장이 있어 먼저 들른다. 프랑스의 유기농 매장엔 일반 마트에서 찾아보기 힘든 재료들이 있다. 된장, 간장, 두부, 팥 등 한식에 필요한 재료를 살 수도 있어서 아시안 마트가 근처에 없는 내게 중요한 곳이기도 하다. 게다가 포장 없이 직접 용기에 담아갈 수 있는 셀프 코너도 잘 마련되어 있어 쓰레기 부담을 줄이려고 자주 이용하는 편이다. 우리가 가끔 유기농 마트에 가서 몇 가지 품목을 사온다고 하니 생활비를 걱정해주는 이가 몇 있었다. 확

실히 품목 대부분은 일반 마트보다 값이 더 나간다. 그런데 잘 찾아보면(지역 상품처럼 운송비와 포장비를 줄여 가격을 낮춘 경우 등) 값이 비슷하거나 오히려 더 저렴한 품목도 많다.

이제 마지막으로 일반 마트에 간다. 일반 마트에 들어서면 시장이나 유기농 마트보다 조금 더 신경을 써야 한다. 성분표를 확인해야 하기 때문이다. 유제품이나 고기 육수가 들어간 제품을 골라내는 정도는 금방 하지만, 팜유 같은 환경을 해치는 재료가 들어간 제품도 피하려고 하니 쉽지 않다. 처음 장을 봤을 땐 정말이지 마트 전체가 지뢰밭 같았다. 하루는 과자 코너의 모든 과자 봉지를 뒤집어 확인한 날도 있다. 남편과 각자 반대편에서 시작해 팜유나 동물성 재료가 들어 있지 않은 과자를 먼저 찾으면 이기는 이상한 내기도 했는데, 그날 승자는 결국 나오지 않았다.

그러다 보니 나도 남편도 처음 보는 제품을 고를 때 당연한 듯 뒷면의 성분표를 확인하는 습관이 생겼다. 처음엔 유난 떠는 것 같아 눈치가 보이기도 했는데, 내가 돈을 주고 사 먹는 음식에 무엇이 들었는지 확인하는 습관은 사실 당연한 일 아닐까. 갈수록 시판 제품을 덜 쓰려고 노력하는 중이지만 마트에서 비건 마크가 붙은 상품을 만나면 정말 반갑다.

하지만 반갑더라도 장바구니를 비건 제품으로 가득 채

우는 것은 아니다. 가격이 비싸기도 하지만, 그중에서 포장이 과하거나 프랑스에서 나지 않는 게 분명해 보이는 재료로 가득한 제품은 아무리 궁금하고 맛있어 보여도 사지 않는 편이다. 비건 마크가 붙은 제품이 점점 늘어나는 모습을 지켜보는 건 분명 반갑지만, 식품업계가 그저 새로운 유행을 따라 마케팅적으로만 접근하는 건 경계된다. 당장 비건 제품이 와르르 잔뜩 쏟아져 나오는 것보다 포장이나 재료의 선택, 공법 등에 더 나은 선택지를 열심히 고민한 제품이 차근차근 늘어나는 모습을 보고 싶다.

그런데 비건 마크가 붙어 있으면, 나보다 지인들이 더 반가워하는 것 같다. 난 어차피 모든 식품의 성분을 확인한 다음 구입하기 때문에 굳이 마크에 의존하는 일이 드물지만 채식인이 아닌 지인이나 가족 들은 마트에 가서 비건 마크가 붙은 제품을 보면 "어! 비건 제품이네. 사뒀다가 다음에 지희 오면 상에 내야지!" 하고 냉큼 구입한다는 것이다. 어디까지가 비건 가치관에 맞는 식품인지, 꿀은 비건인지 아닌지 당혹스러워하는 지인들에게 비건 마크는 안심하고 살 수 있는 표식이다.

최근 프랑스의 어느 대형 마트는 이런 텔레비전 광고를 했다. 크리스마스 파티를 하기 전 장을 보러 온 커플. "우리 삼촌이 글루텐 알레르기가 있는데 어쩌지? 여기 글루텐 프리 마크가 붙은 제품을 고르면 되지! 고모가 유기농 제품만 먹는데 어쩌지? 유기농 코너에서 고르면 되지! 형부가 무슬림 신자인데 어쩌지? 여기 할랄 제품을 사면 되나? 언니가 비건인데 어쩌지? 비건 마크가 붙은 제품을 구입하면 되지!" 유쾌하게 노래하듯 외치더니 카트를 가득 채워 유유히 떠나는 장면. 남편은 이 광고를 보더니 "그래! 그냥 저러면 되지. 그러니까 파티에 초대받았다고 너무 걱정하지 마" 하며 웃었다.

나 역시 그 광고가 무척 고마웠다. 비록 상업적 목적을 위한 광고일지라도 가족 중에 식생활이 다른 사람을 매우 자연스럽게 배려하고 함께 고민해주는 19초 동안 편안함을 느꼈다. 내가 주목한 것은 '자연스러움'에 있었다. 어떤 가치관을 '쉽게' 받아들여 대안을 찾는 모습이 좋았다. 가공식품도, 대형 마트도 적극 환영하진 않지만 다양한 식생활이 존중받는 데 도움이 된다면 괜찮을 것이다.

시부모님은 혹시라도 내가 집에 올지 모르니 찬장 한쪽에 항상 비건 파스타를 구비해둔다고 기쁘게 말씀하셨다. 얼마 전에 만난 조카는 내게 선물이라며 초콜릿 하나를 건네주었다. 시누이 말로는 요즘 마트에 갈 때마다 숨은 그림 찾기 하듯 비건 마크가 붙은 제품을 찾아다니는 게 조카의 취미가 되었다고 한다. 당장 사지는 않더라도 "어, 여기 이 스테이크가 비건이래 엄마! 다음에 고모 오면 이거 사서 우리랑 같이 햄버거 먹으면 되겠다, 그치?" 하며 기억해둔다고 한다. 그 마음이 한없이 고맙고 예뻐서 당장 초콜릿을 뜯어 한입에 쏙 넣고 외쳤다. "아, 세상에서 가장 황홀한 맛이야!"

하루아침에 세상이 바뀌는 것을 기대하지는 않는다. 모든 마트가 유기농 매장으로 바뀌고, 지역 농부가 기른 채소로만 이루어진 청정 비건 마트들이 환대받는 날이 당장 내일은 아닐 것이다. 그래도 잔잔하게 세상은 변하는 듯하다. 우리도 천천히 유기농 매장에서의 지출 액수가 일반 마트에서의 지출 액수와 비슷해져 간다. 언젠가 유기농 매장에서만 장을 볼 수 있길 소망하지만, 아직 모든 제품을 구할 수 있을 만한 규모가 아니라는 점과 조금 높은 가격이 아쉽다.

그래도 우리가 넉넉하지 않은 생활비에도 계속해서 유기농 매장에서 지출을 늘려가려고 하는 이유는 우리 몸 하나 건강하자고 여유 부리는 것이 아니다. 적지만 돈 한 푼이라도 더 보태서 언젠가 성장한 유기농 매장에서만 장을 볼 수 있기를, 채소 수요가 높아졌다는 통계치에 0.0001퍼센트라도 보탬이 되어 채소 농부의 중요도가 부각되기를, 그들이 더 나은 환경에서 일하고 미래를 꿈꿀 수 있기를 바라서 그렇다.

축산업자에게, 농약을 사용하는 일반 채소 농부에게,

일반 마트를 운영하는 업자에게 무작정 희생을 강요할 수는 없다. 우리의 한 달 식비가 이십만 원인데 모든 제품을 유기 농으로 바꿀 수 없는 것처럼. 변화는 희생의 강요가 아니라 필요의 공감에서 나올 것이다. 그들에게 당장 일을 관두라 고, 손해를 보라고, 운영 체제를 바꾸라고 소리친들 서로 악 다구니만 쓸 뿐이다. 더 나은 길이 있다고, 미래를 함께 그려 보자고, 나뿐만 아니라 당신에게도 모두에게도 꼭 필요한 변 화라고, 설득하며 공감을 나누고 싶다.

소심한 듯 강력한 방법의 정중앙에 소비가 있다. 번거로 워도 시장, 유기농 매장, 일반 마트에 일일이 따로 들러서 비 건 제품인지를 확인한 뒤 소비한다. 식재료의 생산자, 유통 자, 판매자에게 우리 이야기를 한번 들어와 달라고, 영수증 의 형태로 넌지시 쪽지 하나 남기고 오는 일이다.

4. 함께하는 채식

냉장고가 없어도 좋은 삶

어쩌다 한국에 갈 때마다 유독 낯설게 느껴지는 풍경이 두 가지 있다. 공항을 나서서 고속도로를 달리면 보이는 값비싼 차들의 행렬. 그리고 거대한 양문형 냉장고. 양문형 냉장고라니! 이 낯선 냉장고 앞에서 잠깐 멍하니 서 있으면 내가 정말 한국에 왔구나 실감한다. 김치 냉장고 근처엔 아직 가지도 않았다. 유학생이었던 내가 양문형 냉장고를 가지지 않았던 건 어쩌면 당연한 일이지만, 지금까지 프랑스의 꽤 많은 가정집을 방문했음에도 아직 단 한 번도 양문형 냉장고를 본 적이 없다. 프랑스 사람들은 반찬을 미리 만들어 저장해두는 문화가 없어서 냉장고 크기가 작은 게 아닐까 추측해보았다.

오랜 기간 학생이기도 했고, 프랑스 문화가 그렇기도 하고, 큰 냉장고를 둘 장소가 부족하기도 해서, 10여 년간 작은 냉장고 외엔 모르고 살았다. 그런데 놀랍게도 이 조그만 냉장고 속에서도 상해서 버려지는 음식이 생긴다! 급기야 두 평 남짓한 작은 밴으로 이사하면서 냉동 기능이 없는 20리터 초소형 전기 아이스박스가 우리의 냉장고가 되었는데 여기서조차 가끔 상한 음식물이 발굴되기도 했으니, 이건 냉장고의 숙명일지도 모르겠다. 보통 음식물이 상하는 경우는 내가 그 존재를 잊어버렸을 때다. 뚜껑을 열면 한눈에 모든 식자재가 보이는 아이스박스에선 썩히는 식품이 없을 줄 알았다. 그런데 언제 샀는지 모를 레몬 조각과 생강 튜브 앞에서 할 말을 잃었다. 기억력 나쁜 나 같은 사람은 노트 크기만 한 냉장고를 써도 문을 열 때마다 낯선 재료들 앞에서 당황할 것이 분명하다.

원인이 뭘까? 냉장고 청소를 할 때마다 쓰레기통으로 들어가는 식자재들을 가만히 살펴보니, 가장 많은 비율을 차지하는 건 유제품과 고기 그리고 생선류였다. 우유는 언제 뜯었는지 기억조차 나지 않아 버려야 했고, 치즈는 기분 나쁘게 말라비틀어져서 버렸다. 고기와 생선은 사 온 지 며칠이 지나면 불안해서 응급조치 삼아 냉동실로 옮겼는데 결국 손이 잘 안 가서 얼마 후 쓰레기통으로 들어갔다. 냉동실이 없는 밴에 살고부터는 더욱 문제가 심각해졌다. 겨울엔 밴 안이 냉장고처럼 추워서 별다른 걱정이 없었지만, 여름엔 살수 없는 식자재투성이었다. 작은 아이스박스는 아무리 효율을 높여도 한여름엔 18도 이하로 내려가지 않았다. 커피에 넣어 마시려고 산 우유는 이틀 만에 덩어리가 졌고, 버터는 반나절 만에 흘러 녹아내렸다. 고기는 사자마자 먹지 않으면 어떤 병에 걸릴 것 같아서 무서웠고, 생선은……. 굳이 말하지 않겠다.

처음엔 미련을 버리지 못한 채 커피엔 가루우유를 넣고, 냉장 보관을 하지 않아도 되는 훈제 햄이나 통조림 식품을 자주 찾았다. 주로 오래 보관할 수 있는 제철 채소를 열심히 사 먹지만 가끔 고기나 치즈 등을 챙겨 먹지 않으면 불안했던 시절, 어떻게든 동물성 단백질을 섭취하고 싶어서 지겹도록 우우웅 소리를 내는 아이스박스를 끌어안고 살았다.

여름이 다가오면 '이제 신선한 유제품이나 고기는 슬슬 못 먹겠구나' 하고 한숨을 쉬었다. 냉장이 잘 되고, 냉동 기능까지 있는 냉장고만 있다면 쓰레기가 많이 생기는 포장 제품 대신 신선한 고기를 살 수 있을 텐데. 이동하는 집이 아니라 도시의 아파트였다면 매일 신선한 고기를 사거나 배달시킬 수 있을 텐데. 냉장고나 타인의 노동이 필요한 동물성 식품의 필요성을 진지하게 고민하기보다 이렇듯 신세 한탄으로 이어지는 날이 더 많았다.

〈코쿠리코 언덕에서〉라는 애니메이션 영화를 보다 주인 공이 부엌 바닥에 있는 나무 뚜껑을 열어 감자와 당근을 꺼 내는 장면을 보고 무릎을 쳤다. 눈을 반짝이며 그 장면을 몇 번이나 돌려보았다. 내가 유레카를 외친 이유는 언젠가 냉장 고 없이 살아보는 게 나만의 작은 목표이기 때문이다. 지금 껏 그 목표를 가로막는 가장 큰 이유는 동물성 식자재였다. 카레를 만들기 위해 감자와 당근은 부엌 바닥에서 꺼내도 고기는 정육점으로 사러 가야 했던 주인공처럼.

어느 날 비건이 되기로 마음먹으며 한순간 머릿속이 환 해졌다. 이제 정말로 냉장고 없이 살 수 있다! 냉장고는 편리 하다. 많은 식자재를 오래 보관시켜준다. 그런데 냉장고가 없 으면 더 좋은 이유도 몇 가지 있다. 가장 눈에 띄는 장점은 경 제적이라는 것이다. 일단 냉장고를 사지 않아도 된다. 시작 부터 백만 원은 번 셈이다. 전기세도 훨씬 적게 낸다. 얼마 안 돼 보여도 길게 보면 몇백만 원은 더 벌었다고 할 수 있다. 그 리고 냉장고 자리가 빈다. 최소 한 평 정도는 번 셈이니 비싼 땅값으로 계산하면 어마어마한 이득이다. 그밖에 정전이 나 도 상할 음식이 없고, 기분 나쁜 청소 거리가 줄어든다는 점 (요리 학교에서 최소 일주일에 한 번은 냉장고 청소를 해줘야 한다는 말을 듣 고 다들 기겁했었다), 별로 내키지 않는 명절 음식을 거부할 핑계가 생긴다는 점 등등 다 셀 수도 없다.

밴 라이프가 끝나고 숲에 정착하면서 아이스박스도 처분했다. 대신 구덩이를 파서 음료수나 맥주 등을 넣어 보관하기 시작했다. 한여름에도 꽤 차갑게 온도가 유지되어서 생각보다 불편한 점 없이 1년을 지냈는데, 가까운 이웃이 이사를 가며 작은 냉장고를 넘겨주었다. 마침 집에 손님들이 몰려오던 참이라 얼음도 얼리고 아이스크림도 사 두고 싶어서 잠깐 다시 써 보기로 했다. 편했고, 시원했다. 그렇지만…….

작은 오두막에 쉴 새 없이 울려 퍼지는 기계음과 은근슬쩍 다시 식탁을 차지하기 시작한 냉동식품이 썩 반갑지 않았다. 아무리 생각해도 다시 이 골치덩이를 내 삶에 들일 적당한 이유는 찾지 못했다. 겨울이 되자 냉장고는 전원이 꺼진 채 수납장이 되었다. 이젠 여름 손님들을 위한 맥주 냉장고의 역할만 남기려 한다. 안녕, 냉장고. 당분간은 만나지 말자.

채식을 시작하고 나니 그동안 가졌던 많은 물음표에 대한 답이 무척 쉽게 나왔다. 난 동물을 직접 길러서 잡아먹는 건 싫으니 자급자족하며 살고 싶다는 꿈은 포기해야 하나? 보조 영양제의 도움 없이 최대한 건강하게 살아가고 싶은데 가능할까? 냉장고 없이 살아보고 싶은데 예민한 식품들은 어떻게 보관하지? 살면서 누군가에 혹은 무언가에 의존하는 일을 최대한 줄여보고 싶고, 대형 식품 산업에 더는 의지하고 싶지 않고, 몸을 망치는 농약과 같은 회사에서 만드는 보조 영양제에 익숙해지기 싫고, 언제 어떻게 바닥날지 모르는 전기와도 조금 떨어져 살아보고 싶은 마음이 낳은 질문은 비건으로 이어졌다.

처음 내가 비건이 되기로 마음먹은 이유는 환경 때문이었다. '나'를 둘러싼 가까운 환경보다는 '모두'를 둘러싼 먼 환경에 대한 걱정이 컸기 때문이다. 그런데 비건이 되고 보니 가깝건 멀건, 직접적이건 간접적이건 모든 환경과 나를 동시에 지키는 일이 의외로 가깝고 쉬운 곳에 있었다. 남에게 내가 하기 싫은 일을 미룬다는 죄책감 없이 자급자족하며 살아갈 수 있고, 의약의 보조 없이 건강하게 지낼 수 있고, 냉장고 없이 자연의 힘을 빌려 잘 살 수 있다고 비거니즘이 알려주었다. 몇 년간 한참을 고민해온 문제를 한 번에 해결해주었다. 조용하고 평화로운 우리 집 주방의 중심엔 냉장고 대신 비거니즘이 있다. 만세!

아무도 모르면
불법이 아니야

내가 일했던 첫 주방은 프랑스 남부의 시내 한가운데 위치한 오픈 키친 레스토랑이었다. 주방이 열려 있어도 직원끼리의 대화가 홀까지 자세히 들리지는 않았지만, 표정은 볼수 있는 곳이었다. 의아했던 건, 우린 절대 식욕을 돋구어줄만한 표정을 짓지 않았을 텐데도 사람들은 주방을 힐끔거리며 즐거워했다는 것이다. 역시 표정과는 상관없이 남이 나를위해 요리해주는 모습은 늘 흐뭇한가 보다.

처음 면접을 보러 갔을 때였다. 들어서자마자 눈에 확들어오는 오픈 키친이 마음에 쏙 들었다. '적어도 손님들이있을 땐 다들 친절하게 대해주겠지?' 살짝 안심하고 면접을봤던 기억이 난다. 아아, 어리고 순수했던 나여……. 주문이

밀리고 4시간이 넘도록 고개 한 번 제대로 들지 못한 채 남의 식사를 만드는 사람들이(정작 본인은 제대로 식사를 하지 못한 사람들이) 여럿 모여 있으면, 주방이 열려 있건 닫혀 있건 사나운 고성만 오간다는 걸 오래 지나지 않아 알 수 있었다. 그래도 덕분에 클래식 깔린 홀보다 욕설 깔린 주방이 더 내 취향임을 깨달았다. 이게 취향이 아니라면 큰 주방에서 버티기 힘들다는 것도.

만약 어떤 오픈 키친 레스토랑에 갔는데 오너 셰프가 누구인지 알고 싶다면, 표정을 자세히 살피면 된다. 마감 시간이 다 되어가는 시각, 어떤 주문이 들어왔을 때 적당히 웃으면서 "네!" 하고 대답하는 사람이 오너 셰프, 그러니까 수익에 대한 어떤 직접적인 지분이 있는 사람이다. 다른 사람들은 보통 아예 주문받은 사람을 쳐다보지도 않거나, 한번쯤 흘겨보고 몰래 한숨을 내쉰다(제발 마감 시간에 주문하지 맙시다). 레스토랑은 손님들에겐 가끔 누리는 특별한 장소지만, 매일을 버티며 살아가는 직원들은 이곳에 '특별한' 일이 생기는 걸 달가워하지 않는다. '특별히' 마감 시간 가까이 주문이 들어왔을 때, '특별히' 오너의 지인이 방문했을 때, 그리고 '특별히' 스페셜 오더가 들어왔을 때, 직원들은 '특별히' 예민해진다.

특히 스페셜 오더에 대해서는 수익에 지분을 가진 셰프

도 인상을 찌푸린다. 주로 무슬림 신자나 베지테리언, 특정 알레르기 보유자의 주문이다. 프랑스엔 무슬림 종교를 가진 사람들이 상당히 많아서, 아예 베지테리언 메뉴를 따로 준비해두는 레스토랑이 점점 늘어나는 추세이긴 하다(무슬림은 돼지고기를 먹지 않고, 다른 고기도 할랄 고기만 먹기 때문에 마음 편하게 베지테리언 메뉴를 주문하는 경우가 많다). 내가 일했던 레스토랑은 와인에 중점을 둔 레스토랑이어서 와인에 곁들일 훈제 햄이나 치즈에 꽤 신경을 쓰는 곳이었다. 그래서인지 사장과 오너 셰프는 베지테리언 메뉴를 아예 고려조차 하지 않는, 조금 보수적인 분위기의 레스토랑이었다.

나도 마찬가지였다. 고백하자면 베지테리언이라고 하면 생선은 먹는지, 달걀은 먹는지, 우유는 먹는지조차 알지 못했다. 안타깝게도 함께 일했던 직원 대부분이 그랬다. 메뉴판에 베지테리언을 위한 메뉴라고 따로 내놓은 것이 없으니 베지테리언 주문이 들어오는 일도 거의 없었지만, 어쩌다가 홀 직원이 조심스레 "스페셜 오더 가능할까요……?"라고 죄지은 것처럼 물어오면 다들 표정이 굳어졌다. 기분이 좋지 않은 날엔 오픈 키친임에도 불구하고 "스페셜 메뉴가 없는 레스토랑에 와서 스페셜 메뉴를 주문하는 매너는 뭐야?" 하고 말하거나 "주렁주렁 매달린 훈제 햄 아래에서 채소를 먹어 봤자 무슨 소용이 있다는 거지?" 같은 조소를 날리기도 했다. 오픈 키친에서 이런 대화를 나누었다니 충격적으로 들릴 수도 있겠지만, 프랑스에선 손님을 1순위로 대하지 않는 분위기가 있어서 가능했다. 그래도 좀 너무했다.

가끔 셰프가 기분 좋은 날엔 "물론 가능하지!" 하고 큰 소리치고는 우리에게 적당히 사이드 채소 메뉴를 결합해서 한 접시 만들어보라고 시키기도 했다. 한번은 동료가 그렇게 무슬림 신자를 위한 접시를 만들다가 아차 싶은 표정을 지었다. 채소 위에 부은 소스를 만들 때 훈제 햄을 조금 썼던 게 기억났다고 했다. 셰프는 잠시 고민하더니 "그냥 보내. 어차피 건져냈으니까 보이지도 않고 향도 별로 안 나니까 모를 거야"라고 지시했다. "아무도 모르면 불법이 아니지" 하며 친한 동료와 농담을 주고받는 모습을 보면서 나는 얼굴이 붉어졌다. 나도 베지테리언이나 무슬림에 무지하지만, 스페셜 메뉴가 달갑지 않지만, 실수로 돼지고기가 들어 있었던 소스를 접시에 부을 수도 있는 거지만, 그렇지만…….

쉬는 날이라 자리에 없었던 무슬림 신자인 동료가 눈에 밟혔다. 당시 무슬림에 대해 정말 아무것도 모르던 나에게 그녀는 이것저것 자연스럽게 알려주었다. 본인은 훈제 햄을 썰었던 칼로 자른 채소도 입에 대지 않을 만큼 철저했지만, '일은 일'이라며 열심히 햄과 고기를 썰고 요리하고 정성스레 접시를 준비하던 사람이었다. 단 한 번도 돼지고기를 먹는 우리나 손님을 보며 비웃거나 비난을 한 적이 없었다. 그녀는 자신만의 방식으로 다른 이들을 존중하며 맡은 일을 했다. 만약 '아무도 모르면 불법이 아닌 일'을 했었던 그 날, 서로의 방식과 가치관을 모두 이해하기는 힘들어도 존중은 하며 살아야 한다고 했던 그녀가 옆에 있었다면 그날로 앞치마를 내던지고 나갔을지도 모르겠다. 실제로 그녀는 얼마 뒤 채식 식당으로 이직했다.

슬프지만 당연하게도, 내가 일하던 동안엔 비건 주문을 받은 적이 단 한 번도 없다. 베지테리언 메뉴조차 없는 레스토랑에서 비건 메뉴를 주문할 용감한 사람은 아마 없을 것이다. 한번은 직원들끼리 스페셜 오더에 대해 이야기를 하다가, 누군가 "비건은 우리 레스토랑 오면 안 돼. 고기는 그렇다 쳐도 버터, 우유, 크림, 조개류(육수를 낼 때 자주 썼다) 못 넣으면 정말로 샐러드 잎 몇 장만 소스 없이 나가야 한다니까" 하며 웃었다. 또 다른 직원은 옆에서 "헉, 비건은 조개류도 못 먹어요? 도대체 뭐 먹지 그러면?" 하고 눈을 동그랗게 뜨기도 했다.

나도 그런 이야기들을 들으며 옆에서 맞장구치던 사람이었다. 정말 바쁠 때 스페셜 오더가 들어오면 인상을 잔뜩 찌푸렸고, '도대체 그런 양심 없는 사람이 누구야?' 하면서 주문한 테이블을 힐긋거리기도 했다. 개인주의가 발달한 프랑스이지만 일에 지친 사람들에게 이타심을 요구하기란 쉽지 않다. 한 테이블이 전부 다 다른 메뉴를 주문하면 한국의 메뉴 통일 문화가 그리웠고, 해산물 알레르기가 있는 사람이 오면 제발 집에 가시라고 문을 열어드리고 싶었다.

특정 알레르기가 아닌 이상, 베지테리언 메뉴나 무슬림 메뉴를 내갈 때 분명 나도 '모르면 괜찮겠지' 하고 어느 정도는 무신경했을 것이다. 그렇기 때문에 내가 이해할 수 있는 장면들이 있다. 한번은 누군가의 집에 초대받았는데 우연히 주방을 지나가다 요리하던 사람이 자연스럽게 냄비에 큰 버터 한 덩이를 툭 넣는 모습을 보았다. 그는 아차 싶었는지 잠시 가만히 있다가 이내 빠르게 다른 재료를 더했다. 아마 내가 보지 못했을 거라 생각하고 '모르면 괜찮아'라며 넘어갔던 모양이다. 그날 나는 아무 말 없이 내어준 음식을 감사히 먹었다. 다만 아무것도 몰랐던(모르는 척했던) 내게 살짝 미안했기를 바란다. 또, 내가 그의 방식을 존중하려고 애썼듯 모른 척 음식을 건넨 것이 그의 존중의 방식이었기를.

일터에서 제대로 존중받지 못하는 사람들에게 다른 이에 대한 존중을 지속적으로 요구하기 힘들다는 것을 안다. 가족들과 제때 식사하는 날이 손에 꼽히는 요리사가 다른 이의 접시에 항상 따뜻한 배려를 담기 힘들다는 것도. 잘 모르기에 미처 손님에게 내어갈 음식에 실수를 하는 것이 얼마나 쉬운 일인지도.

그럼에도 불구하고 다른 이들의 가치관을 지켜주려 하는 사람들을 존경한다. 먼저 웃으면서 "혹시 알레르기가 있으시거나 채식을 하시는 분이 있나요?" 하고 물어오는 레스토랑 직원도 만났고, 메뉴판에 자세하게 '이 메뉴의 소스에는 해산물이 들어갑니다'라는 안내문을 써둔 레스토랑도 존재한다. 무지에 대해 솔직하게 인정하고 실수를 털어놓으며 도움을 청하는 이들도 세상에는 많다.

하루아침에 모든 레스토랑이 비건 메뉴를 만들고, 지인을 초대하는 모든 사람이 비건이나 무슬림임을 확인한 후 실수 없이 맞춤 요리를 내어놓는 기적을 바라지는 않는다. 그저 자신의 자리에서 당장 할 수 있는 일, 존중받고 싶은 마음만큼이나 존중하려고 애쓰는 일. 그런 일을 해내는 사람들을 존중하고 싶고, 나도 그런 사람이 되어 존중받고 싶다.

아이들과 채식을
공유하는 법

전날 한가득 삶아둔 렌틸콩이 꽤 많이 남았다. 샐러드로 만들까 스프를 끓일까 고민하다가 요전에 만들어둔 맛간장이 생각나서 스테이크를 굽기로 했다. 으깨는 것도 귀찮아 적당히 밀가루와 양파를 섞어서 굽는데 향이 예사롭지 않다. 좀 더 그럴듯하게 만들고 싶어져서 아껴둔 건조 송이버섯을 꺼내 소스와 함께 졸여주었다. 달콤한 맛간장에 향긋한 송이버섯, 바삭한 렌틸콩 스테이크까지. 한입 딱 먹자마자 남편과 마주 보며 거의 동시에 말했다. "이건 분명 아이들이 좋아할 맛이야."

아이들이 채소를 좋아하게 만드는 일은 어렵다고들 생각한다. 정말 어려운 일이 맞긴 하다. 고기보다 채소를 더 좋아하는 아이는 거의 만난 적이 없다. 나도 어릴 적엔 평소 가리는 것 없이 뭐든 잘 먹긴 했지만, 가끔 식탁에 고기반찬이 올라오면 젓가락이 다른 반찬으로 잘 향하지 않았던 기억이 난다.

누군가 이렇게 물은 적이 있다. "그럼 언젠가 네 아이가 태어난다면 그 아이가 고기를 좋아하고 먹고 싶어 해도 먹이지 않을 거야?" 잠시 고민했지만, 나는 그에게 모르겠다고 대답할 수밖에 없었다. 미래에 어떤 아이가 태어날지도 모르는데 얼마나 고기를 좋아할지, 얼마나 공감 능력이 뛰어날지, 얼마나 우리의 의견을 이해해줄지 전혀 예측할 수 없는 일 아닌가. 그래도 한 가지는 분명하게 대답할 수 있다. 고기를 싫어하게 만들 자신은 없지만, 채소를 좋아하게 할 방법을 찾을 거라고. 내가 그렇게 확신하는 이유는 그런 아이들을 만난 적이 있기 때문이다.

우리는 밴에 살면서 여기저기 여행을 많이 다녔다. 그러던 중 이탈리아의 시칠리아 섬 내 한 가정집에서 머물 기회가 생겼다. 그곳에서 자엘이라는 일곱 살 여자아이를 만났다. 아이의 부모는 비건 지향적 삶을 살고, 동네 주민들과 함께 작은 대안학교를 운영했다. 자엘도 그 대안학교에 다녔는데, 친구들과 함께 작은 밭을 가꾸고, 부모들이 돌아가며 만든 채식 급식을 먹고, 정기적으로 환경에 대한 교육을 받는다고 했다.

하루는 자엘의 친구들이 다 함께 집에 놀러 왔다. 만화영화를 틀어둔 텔레비전 앞에 옹기종기 모여 앉은 아이들에게 자엘의 아버지가 물었다. "펜넬 먹을 사람?" 갑자기 아이들이 폴짝폴짝 뛰어오르며 "저요! 저요!" 하고 외쳐댔다. 순간 나와 남편의 눈이 동그래졌다. 뭐지 이 아이들은. 펜넬은 이탈리아에서 자주 먹는 두툼한 샐러리 같은 채소인데, 향이 무척 강해서 도무지 아이들이 좋아할 것 같지 않은 맛이기 때문이다(깻잎이나 방앗잎 정도로 향이 강하다). 채소를 좋아하는 나도 자주 먹지 않는 채소인데, 아이들이 손으로 툭툭 잘라준 펜넬 조각을, 그것도 생으로 우적우적 씹어 먹으며 다시 만화영화에 빠져드는 진귀한 풍경이란! 그날 외에도 함께 지내는 동안 자엘은 새콤한 오렌지를 자주 간식으로 먹었고, 내게 정원에서 먹을 수 있는 꽃들을 알려주며 이것저것 맛보게 했다.

나는 그때 난생처음 진심으로 채소를 좋아하고 즐기는 아이들을 보았다. 물론 그 아이들에게 고기반찬을 내어주어도 무척 맛있게 잘 먹겠지만, 그에 못지않게 채소를 좋아하는 모습이 인상에 남았다. 어떻게 아이들이 채소를 좋아하는 걸까. 아마 주위 환경이 그렇게 만들었을 것이다. 채소를 직접 길러 보고, 부모들이 해주는 맛있는 채소 요리를 자주 접하니까. 특히 대안학교의 채식 급식이 큰 역할을 한 것처럼 보였다. 친구들과 뭐든 함께하길 좋아하는 것이 아이들이니 친구들이 잘 먹는 모습에 자신도 따라서 한 입 먹어볼 용기를 얻으며 자연스럽게 좋아하는 채소가 생기지 않았을까 싶다.

2019년 11월 1일, 프랑스에 새로운 법안이 통과되었다. 학교 급식의 일주일 중 하루는 의무적으로 베지테리언 식단을 제공해야 한다는 법안이었다. 축산 회사들은 학교에 로비를 벌이며 대응했지만, 역설적으로 이에 대해 여러 학부모와 환경 단체가 반발했다. 결국 '채식 식단이 음식물 낭비를 줄이고, 단백질 원의 다양성을 늘리고, 비용의 절감이 고품질의 식자재 구입으로 연결되는지에 대한 실험'의 취지를 앞세워 임시 법안으로 확정되었다.

이어서 2021년에는 정식 법안으로 채택되기에 이른다. 반대하는 부모도 많지만, 육식 문화가 뿌리 깊은 프랑스에서 무척 의미 있는 한걸음이란 생각에 기뻤다. 첫 시작이 어떨까 무척 궁금했는데 마침 초등학교 급식소에서 일하는 시누이와 중학생 조카가 놀러 왔다. 아이들의 반응도 궁금했고, 시누이의 이야기도 빨리 들어보고 싶었다. 이 편식의 나라 급식소에 채식 식단이라니. 반가우면서도 다양한 추가 요청에 시달릴 급식 노동자의 입장을 떠올려보니 등골이 오싹

해졌다.

시누이는 함께 지내는 동안 내가 만든 요리를 모두 살펴보고 메모하느라 무척 바빴다. "와, 며칠 만에 이렇게 많은 채식 요리 레시피를 얻다니. 정말 다행이야. 갑자기 채식 급식을 만들어야 해서 조리사들 고민이 이만저만이 아니었거든." 그녀는 내가 비건이 된 이후로 채식 요리에 조금씩 관심을 가지기 시작해서 어느 정도 익숙해져 있었지만, 그녀의 동료 대부분은 이 법안이 통과된 뒤 한숨을 푹푹 내쉬었다고 한다. "비건이 아니라 베지테리언 식단이라 달걀이나 유제품을 사용할 수는 있지만, 식단표에 고기나 생선이 들어 있지 않으면 아이들 영양에 문제가 있다고 항의하는 부모들이 꽤 많아서 다들 걱정이 많아."

그런 동료들에게 그녀는 열심히 설명해주었다고 한다. 가족 중에 비건이 있는데, 채식만으로도 골고루 맛있게 먹으며 오히려 건강하게 잘 지낸다고. 지금 당장은 반발이 있겠지만 아이들이 좋아할 만한 채식 요리를 꾸준히 하면 언젠가 채식 요리를 더 반기는 날이 오지 않겠느냐고. 그런 이야기를 해주는 그녀가 너무도 고마웠다. 일주일에 단 하루뿐이지만 그날만큼은 채식 요리를 맛있게 먹는 아이들이 늘어난다면 어떨까.

옆에서 이야기를 듣던 중학생 조카도 거들었다. 조카의

학교 급식소도 얼마 전부터 일주일에 한 번씩 채식 식단이 나온다고 했다. "맛없는 음식이 나올 때도 있고 맛있을 때도 있어. 그런데 어차피 급식은 늘 맛없다가 가끔 맛있다가 뭐 그래." 평소 입맛이 까다로운 편인 조카의 말에 순간 내 귀를 의심했다. 맛있을 때도 있다고? 좋아하는 채소 가짓수가 친한 친구 수보다 적은 이 아이가 방금 채식 급식이 맛있다고 했다. 다른 친구들의 반응은 어떠냐고 물었다. "다들 비슷해. 맛있는 음식 나온 날은 다 잘 먹고 맛없는 음식 나온 날은 다 남겨. 저번에 두부로 만든 스테이크가 나왔는데 너무 구웠는지 뻑뻑했거든. 그런데 케첩을 몰래 얻어 와서 같이 먹었더니 먹을 만했어. 그래서 나랑 내 친구들은 싹싹 다 먹었지롱. 헤헤."

희망을 눈앞에서 목격한다는 건 이런 것일까. 얼마 전까지만 해도 이 아이는 채소라고는 감자밖에 먹지 않는 아이였다. 시누이는 동네 정육점에서 산 고기로 냉장고를 가득 채우지 않으면 아이 영양에 문제가 생길까 진지하게 걱정하던 사람이었다. 조카와 시누이는 나와의 경험을 통해서 채식 요리에 대한 인식을 조금씩 바꾸었고, 새로 바뀐 급식 시스템은 그들이 채식을 실천으로 옮기도록 도왔다. 작은 계기들이 오랫동안 그리고 꾸준히 모인다면 사람은 변할 수 있다. 그리고 그 사람은 다른 사람에게 새로운 계기가 되어줄 수 있다.

눈앞이 환해지는 기분이었다.

　만약 아이들이 먼저 채소를 찾는다면, 집으로 돌아와 스치듯 "오늘 학교 급식에서 나온 단호박 스프가 맛있었어" 말하는 날이 늘어난다면, 간식으로 사과 한 알을 집는 아이들이 늘어난다면, 아이들이 살아갈 미래를 아이들 스스로 바꾸어나갈 수 있다면, 생각보다 희망이 더 가까운 곳에 있을 지도 모른다. 조금은 들뜬 마음으로 렌틸콩 스테이크를 만들었다. 다음에 조카가 오면 빵 사이에 넣어 버거로 만들어줘도 좋겠다. 빈 접시 위로 고개를 드니 자두나무에 흰 꽃 몇 송이가 보이기 시작한다. 봄이 멀지 않았다.

당신도 비건입니다

요리사라고 하면 어떤 클리셰, 편견이 따라붙는다. 프랑스에서도 우스갯소리로 요리사는 와인의 반은 냄비에 붓고 반은 입에 들이붓는다든지, 야한 농담을 좋아한다던지…….
그중에서도 가장 많이 받는 질문은 요리사는 정말 집에서 요리하는 걸 싫어하는가이다. 지금까지 나의 경험에 비춰보면 정말 요리사 중엔 술꾼이 꽤 많았지만, 야한 농담은 요리사가 아니라도 프랑스인 대부분이 좋아하는 것 같다. 그리고 남자든 여자든 요리사는 집에 가면 주방에 다시 들어가지 않으려고 한다.

집에서도 일하는 것처럼 느껴져서? 맞다. 일터에서 고생했으니까 체력적으로 힘들어서? 그것도 맞다. 하지만 진짜 이유는 따로 있다고 본다. 모든 요리사가 그렇다고는 말할 수 없지만, 집에서도 일을 '평가'받는 일이 썩 즐겁지 않기 때문이다. 그것도 같이 먹는 사람이 미식가이거나 음식에 대해 이러쿵저러쿵 말을 덧붙이는 걸 좋아하는 사람이라면 더욱 그렇다.

요리사는 일터에서 상사에게 1차로 평가받은 뒤 손님에게 2차로 평가받고, 집으로 돌아오는 길에 스스로 오늘 만든 접시에 대해 평가하며 하루를 끝낸다. 그런데 집에 와서도 다시 음식을 만들고 거기에 이런저런 평가가 더해지면 맥이 탁 풀릴 수밖에 없다. 파리의 요리 학교에 다니면서부터, 혼자 먹는 밥을 제외하고 내가 만든 모든 음식이 자연스럽게 평가 대상이 되었다. 내가 요리를 배운다는 걸 알게 된 사람들은 나에게 '조언'을 늘어놓으며 그게 살이 되고 뼈가 될 것이라고 했다. 한 지인은 내 음식을 먹는 내내 포크 끝으로 이리저리 가리키며 비평한 뒤 뿌듯한 표정으로 돌아간 적도 있다.

몇 년간 이어진 수많은 조언과 평가 속에서 요리를 배운 것을 후회하기도 했다. 아무나 할 수 없고, 아무나 평할 수 없는 그런 복잡하고 전문적인 직업을 찾아보지 않은 자신이 원망스러웠다. 변호사가 의뢰인으로부터 왜 재판에서 형법 몇 조 몇 항을 언급하지 않았는지 질책을 당하거나, 바이 올린 연주자가 매일 가족들 앞에서 연주한 뒤 "오늘 연주에서는 끝 음 처리가 아쉽더라" 같은 평을 듣거나, 바둑 기사가 친구들과의 모임에서 지난 대회를 복기하며 훈수를 받는 경우가 과연 얼마나 있을까? 분명 요리사처럼 생활화된 경험은 아닐 것이다.

여전히 그다지 친하지 않은 사람에게 비건 요리를 만들어내는 일은 떨리고 두렵다. 특히 처음 만난 사람들은 내가 어떻게 프랑스에 왔는지 꼭 묻는다. 내가 "프랑스 요리를 공부하러 왔는데, 얼마 전부터 비건이 되었다"고 하면 사람들의 눈빛이 달라졌다. 신기한 듯한, 황당한 듯한, 석연찮은 듯한 눈빛. 그런 눈빛 앞에 '프렌치 비건 요리'를 내어놓을 땐, 요리가 잘 되었건 못 되었건 당장 자리를 박차고 뛰어나가고 싶다.

비건이 된 요리사인 만큼 항상 맛있는 비건 요리를 연구하고 매끼 맛있게 차려서 주변 사람들에게 비건 요리를 제대로 알리자는 어떤 사명감을 가지고 살았던 것 같다. 단 한 사람이라도 내 접시로 인해 다른 생각을 가질 수 있다면 충분하다고 생각했다. 내 스트레스쯤은 동물과 어떤 사람들, 또 지구가 받는 것에 비하면 아무것도 아니라고 여기며 늘 웃는 얼굴로 요리하고 대접하기 위해 애써왔다.

문제는 요리가 점점 싫어졌다는 것이다. 손님에게 내놓

아도 부끄럽지 않을 만한 요리'가 아니면 우울해졌다. 늘 시험을 준비하는 것처럼 결과에 집착하고, 내 입맛보다는 대중적인 취향을 자꾸 떠올리기도 했다. 평소엔 기름이나 밀가루가 덜 들어간 가벼운 음식을 선호하는데, 손님이 '비건 음식은 수행자 밥상' 같다고 생각할까봐 기름지고 자극적인 요리위주로 만드는 것도 마음에 걸렸다. 그럼에도 기대했던 만큼의 반응이 돌아오지 않으면 '할 만큼 했다'고 생각하면서도힘이 쭉 빠지는 건 어쩔 수 없었다.

어느 한가로웠던 오후, 봄 양배추를 물끄러미 바라보며이걸로 뭘 해 먹으면 좋을까 고민했다. 자연스럽게 솥에 남은 한 줌의 밥이 떠올랐고, 말아서 예쁜 뽀삐에뜨paupiette를해 먹으면 맛있겠다고 생각했다. 날도 좋았고, 막 돋아나기시작하는 새잎들이 만든 해질녘의 그림자가 냄비 위로 드리우던 어느 오후, 오랜만에 정말 '즐겁게' 요리를 했다. 남편도친구와 외출했으니 누구를 위한 요리도 아니었다. 그냥 내가먹고 싶고 만들어보고 싶다는 순수한 마음으로 편안하게 요리를 했다.

다 하고 보니 꽤 많이 남아서 냉장고에 넣으려는데 남편과 친구가 돌아왔다. 한잔 더 하려고 안줏거리로 과자를 꺼내려 하기에 남은 양배추 뽀삐에뜨를 슬쩍 권했다. 비에 젖어 살짝 추운 몸에 따뜻하고 달콤한 양배추가 마음에 들었는지 술은 입에도 대지 않은 채 허겁지겁 먹기 시작한 두 사람. 그들의 입에서는 어떤 평가도 비건이나 프렌치 같은 단어도 일절 나오지 않았다. 그저 맛있게 먹으며 고맙다고 했다.

두 사람을 지켜보면서 와인을 홀짝거리다 문득, '이젠 하고 싶은 음식만 하자'라고 생각했다. 새해 다짐이기도 했다. 하고 싶은 음식을 만들고, 나름대로 만족하며 먹고, 다른 사람들과도 즐겁게 나눈 그날의 모든 장면이 다 좋았다. 완벽한 요리는 아니었지만 다른 이의 평가나 눈치 따윈 끼어들 틈이 없었다.

그 순간만큼은 난 요리사도 비건도 아니었다. 그런 구분에 얽매이지 않았다. 그저 요리해서 즐거웠고, 여기에 따르는 타인의 고통이 무척 적다는 사실에 안심했을 뿐이다. '이런 마음으로 즐겁게 요리하다 보면 언젠가 다른 이들에게도 비건에 대한 긍정적인 영향을 미칠 수 있지 않을까?' 식탁 옆에서 만족스럽게 그릇을 비운 두 사람을 지켜보며 깨달았다.

그래서 하기 싫은 음식은 하지 않고 살기로 했다. 비건 음식이 궁금해서 우리 집에 오겠다는 사람이 있어도, 내가 그이에게 힘을 들여 즐겁게 음식을 해주고 싶지 않다면 거절하기로 했다. 비건 음식을 잘 알리는 것도 중요하지만, 행복한 비건으로 살아갈 내 미래도 중요하다.

이런 마음을 알지 못했다면 난 결코 결혼식을 마음 편

히 준비하지 못했을 것이다. 재작년 겨울 우리 두 사람은 마침내 결혼식을 올리기로 했는데, 될 수 있으면 피로연 음식을 직접 비건식으로 준비하고 싶었다. 우리가 주인공인 파티인 만큼 하객들과도 우리의 가치관이 반영된 식사를 함께 나누고 싶었다. 물론 말처럼 쉬운 일은 아니었다.

프랑스의 결혼식은 피로연이 아주 길다는 점도 큰 걱정거리였다. 점심이나 저녁 한 끼를 나누고 헤어지는 한국의 결혼식과는 달리, 프랑스에선 보통 결혼식을 올리고 오후 4~5시부터 식전주와 핑거 푸드를 먹기 시작해서는, 저녁을 먹고 새벽 2~3시까지 춤을 추다 배가 고프면 또 이것저것 집어 먹는다. 그러다 집이 먼 사람들은 숙소에서 잠을 자고 다음 날 아침까지 함께 먹은 후 비로소 집으로 돌아간다. 양으로만 따져도 세네 끼는 먹을 분량을 넉넉하게 준비해야 하는 것이다.

코로나로 인해 많은 사람들을 초대할 수 없던 상황이었지만, 그럼에도 하나부터 열까지 우리 두 사람이 모든 음식을 준비하려면 인원수를 확 줄여야만 했다. 결국 가까운 가족들 열댓 명만 모시고 소박하게 준비하기로 했는데, 이마저도 꽤 쉽지 않은 양이었다. 이럴 때 모든 초대 손님에게 좋은 평가를 받고 싶다는 욕심이 있었다면 스트레스를 정말 많이 받았을 것이다.

아직 본격적인 겨울이 시작되기 전 어느 날, 우린 콧노래를 불러 가며 모든 피로연 음식을 준비했고, 다음날 소박한 결혼식을 올렸다. 치즈를 너무나도 사랑하는 시아버지를 위해 약간의 치즈를 내간 것 외엔 모두 비건식으로 준비했다. 아이들도 있었고 고기 없이 식사하는 것에 익숙하지 않은 어른들도 있었지만 다행히 모두들 맛있게 잘 먹어주었다.

요리를 준비하는 동안에도, 식사를 하는 동안에도 내가 몇 번이나 '행복하다'고 말했다는 건 나중에 남편이 알려주어서야 알았다. 우린 그날 메뉴의 기준을 '우리가 먹고 싶은 것', '우리가 만들고 싶은 것'으로 정했다. 당근과 버섯 초밥, 로즈마리 감자 올리브 꼬치구이, 단호박 송이버섯 퐁듀, 지중해식 양파찜, 오렌지 석류 렌틸콩 샐러드, 캐러멜라이징한 채소를 곁들인 무 스프…….

남편은 그가 자신 있고 좋아하는 메뉴를 춤추며 신나게 만들었고, 난 좋아하지만 그동안 재료비 걱정에 해 보지 못했던 요리들을 시도했다. 결과도 잘 나와서 뿌듯했지만, 무엇보다 준비 과정이 너무나 좋았기 때문에 사람들의 평가나 반응을 미리 걱정하지 않을 수 있었고, 다행히 하객들도 피로연을 즐기며 행복해했다.

이후로 손님 초대를 앞두고 불현듯 주눅이 들 때면 결혼식이 있던 그날을 떠올리곤 한다. 우리를 있는 그대로 보여주었고, 과정 또한 즐거웠던 결혼식. 앞으로도 그날을 떠올리면서 나에게, 내가 사랑하는 사람들에게, 새로운 사람들에게 즐겁게 접시를 내어주고 싶다. '당신은 타인의 고통에 공감할 수 있고, 하기 싫은 일(음식)을 거절할 수 있는 용기를 지녔으며, 잘 살아가려고 노력하는 꽤 멋진 사람이에요'라고 말해주는 멋진 한 접시를.

이렇게 너그러운 여름이라면

프랑스의 겨울은 기온이 낮은 데다 비나 눈도 자주 내려 더욱 축축하고 춥게 느껴진다. 사람들은 금세 어두컴컴해지는 하늘을 원망스레 쳐다보며 "껠 떵quel temps(뭐 이런 날씨가)!" 하고 인사 아닌 인사를 건넨다. 반면 여름은 장마나 태풍이 없고 유난히 해가 길다. 이런 프랑스의 맑은 여름은 아끼고 아껴두었다 와르르 꺼내 먹는 쿠키 상자 같다.

사람들은 궂은 날씨를 견디며 얼른 쿠키를 잔뜩 집어 먹을 수 있기를 기다린다. 그리고 해가 점차 길어지기 시작할 즈음 1년 중 가장 분주하게 마당을 꾸밀 태세를 갖춘다. 뱀이 나와 아이들이 다치지 않도록 풀을 짧게 깎고, 창고에 두었던 그릴 세트와 테이블을 꺼내 윤이 나게 닦고, 접이식 수

영장을 설치하고, 찢어진 차광막을 보수하며 여름 바비큐 순간을 기다린다.

프랑스 교외에서는 여름이 제대로 자리를 잡기도 전, 5월이 시작되기 무섭게 수많은 집 마당에서 연기를 피운다. 친구들과 가족들이 몰고 온 차들로 주차장과 거리는 바글바글하고, 마을 곳곳은 크고 작은 대화와 아이들이 몰려다니는 소리로 가득하다.

우리도 마당이 생긴 이후 우리만의 쿠키 상자를 준비하기 시작했다. 어느새 쑥쑥 자라난 풀을 베어주고, 주차장에 떨어진 나뭇가지를 치우고, 중고 매장에 가서 식기를 여러 벌 더 사고, 숯이 모자라지 않은지 확인하고, 테이블과 차광막 대신 나무 그늘 아래에 평상을 만들어두었다. 이후 가족들을 초대하고 설레는 마음으로 시장을 간다. 호박, 가지, 감자, 양파, 토마토가 산처럼 쌓여 있는 장면이 탐스럽다. 색이 진한 올리브유를 사고 각종 곡물이 알알이 박힌 큼직한 빵도 바구니에 담는다.

여름 바비큐에서 내가 가장 기대하는 음식은 가지 캐비어다. 가지를 너무 얇지도 두껍지도 않게 편을 썰어 향신료와 소금을 뿌리고 올리브유를 발라 노릇하게 굽는 것까진 다른 채소들과 차이가 없다. 그렇지만 잘 익어 부들부들해진 가지를 작은 볼에 옮겨 담고 껍질을 벗기면, 완전히 익혀

낸 가지의 껍질은 사탕 껍질 벗겨지듯 스르르 떨어져나간다. 여기에 다진 마늘과 다진 올리브, 레몬즙, 소금과 후추, 깻가루를 넣고 착착 섞어주면 오늘 바비큐의 대스타가 탄생한다.

이곳 사람들은 초대를 받으면 빈손으로 오는 일이 거의 없다. 함께 먹을 수 있는 음식을 준비해오거나 요리에 자신이 없으면 음료나 시판 안주 등을 사오기도 한다. 바비큐 파티를 하는 날엔 요리보다는 구울 수 있는 재료들을 가져오기도 하는데, 보통 무난하게 잘 먹는 소시지나 재운 고기 등을 꺼낸다. 우리가 초대하는 손님들은 우리 부부의 식습관을 알 정도로 친분이 생긴 사람들이라 고기를 들고 오지 않는다. 또 간혹 그런 경우가 있어도 우리 집 바비큐 파티의 주인공은 변함없이 가지다.

가지 캐비어는 프랑스에서 '캐비어caviar(사치)'라는 단어가 붙어 있는 유일한 채소 음식이다. 푹 익힌 가지를 으깨면 빵에 발라 먹기 좋은 부드러운 퓨레 상태가 되는데, 큼직하게 한입 베어 물면 이 요리에 또 다른 이름을 지어주고 싶어진다. 이를 테면 '메르베이 도베르진merveille d'aubergine(가지의 기적)'이라든가 '무왈루 드 로들라moelleux de l'au-delà(저 세상의 부드러움)' 같은 것들. 정말 그런 이름이 부끄럽지 않을 만한 맛이다.

언젠가 '가지의 기적'을 나눠 먹다 문득 하늘을 올려다

보며 "한국은 지금 이런 맑은 하늘이 귀해서 다들 마스크를 쓰고 다녀야 한다"는 이야길 들려줬다. 그때 사람들은 못 미더운 표정을 지었다. 아름다운 자연 속에 둘러싸인 프랑스 시골 마을 사람들은 미세먼지와 마스크 착용을 먼 나라의 믿지 못할 이야기로 치부했다. 그러나 불과 몇 년 뒤, 전 세계에 코로나 전염병이 퍼졌고 이들에게도 마스크 착용이 생활화되었다. 다음 세대에나 올까 싶었던 전 지구적 환경 문제가 피부로 다가온 셈이다.

그렇게 코로나 시대가 시작된 뒤, '당연한 것이 당연하지 않은 상황'에 대해 오히려 말을 꺼내기가 훨씬 쉬워졌다. 독감에 걸려도 마스크를 쓰지 않던 사람들이 갑자기 마스크를 찾기 시작했고, 시간이 날 때마다 집에 친구들을 초대하고 수시로 볼키스를 나누고 포옹하던 일상도 더는 당연하지 않았다. 파리에서 테러가 벌어져도 굴하지 않고 카페로 나와 커피를 마시고 담배를 피우던 사람들도 모두의 건강을 위한 봉쇄령은 따를 수밖에 없었다. 프랑스 사람들에게는 바이러스 자체보다 입이 가려지고 스킨십이 사라지고 카페가 없는 현실이 최악의 재난이었다.

볼키스와 악수 없이 거리를 두고 어색하게 방역 패스를 내민 뒤에야 얻을 수 있는 커피 한 잔을 마시며, 사람들은 이제 더 이상 '당연하지 않은 것들'에 대해 자주 말한다. 비교적 안전지대 속에 살고 있다 생각하던 프랑스인들이 환경 문제와 관련해 위기를 느끼기 시작한 것이다. '일단 무엇이라도 하고 싶어서 고기를 먹지 않기로 했다'는 나의 말도 더는 터무니없는 소리로 취급받지 않는다.

당장 동의하진 않더라도 각자의 쿠키 상자에 물음표가 하나둘 생겨났다. 자신과 가족들이 앞으로도 맑은 하늘 아래서 마음껏 친근한 인사를 나누며 편안하게 바비큐 파티를 할 수 있는 날이 지속되리란 확신이 사라진 것이다. 시간이 지나 봉쇄령이 풀리고 다시 여름이 찾아왔지만 언젠가 또다시 이런 재난을 겪을 수 있다는 생각이 모두를 붙잡고 마구 흔들어 놓았다.

나는 프랑스 여름 특유의 너그러움을 무척 좋아한다. 맑은 날씨 속에서 작물들은 어느 때보다 싱싱하고 사람들은 환한 얼굴로 웃으며 대화하는 여름의 장면들. 그 한가운데 여름 바비큐가 있다. 채소를 싫어하는 아이들도 숯불에 잘 구운 옥수수나 감자를 하나씩 손에 든 채 마당을 뛰어다니고, 특정 재료에 알레르기가 있거나 글루텐을 피해야 하는 사람도 각자 원하는 재료를 골라 먹는다. 바비큐에 고기가 들어가는 것이 당연하지 않은 우리의 쿠키 상자를 보여주면 어색하게 접시를 보았던 사람들도 이내 여름 바비큐가 주는 특유의 너그러움과 편안함 속에서 식사를 즐긴다.

나만큼이나 아니 나보다도 훨씬 더 이런 너그러운 여름을 사랑하는 사람들이라면 느리더라도 무엇이든 함께 해낼 수 있을 것이다. 저 세상의 부드러움을 풍기는 여름 바비큐엔 그럴 만한 힘이 있다. '당연한 것이 당연하지 않게 되는 것'을 받아들이고 생각을 더 유연하게 나누고자 하는 사람들이 있어 앞으로의 여름이 더욱 기대된다.

5. 나의 프랑스식 계절 레시피

봄꽃 아스픽 스노볼

재료(2인분)

°채수__당근 1개 | 양파 1개 | 파 1개 | 통후추 | 타임 | 월계수 잎 | 물 1L

°채소__완두콩 200g | 순무 4개 | 당근 1/2개 | 식용꽃 두 주먹

°아스픽__채수 400mL | 한천가루(우무) 3g | 바질 두 줄기 |

올리브유 | 소금 | 후추

• • •

　먼저 채수를 만든다. 채수에 사용할 채소를 큼직하게
썰고 큰 냄비에 모두 넣은 뒤 물이 절반 정도로 줄어들
때까지 중약불로 30분에서 1시간 정도 우려낸다.

• • •

　그동안 채소를 준비한다. 채소는 어떤 것이든
상관없지만 식용꽃과 잘 어울리는 제철 채소면 더욱 좋다.

완두콩은 그대로 사용하고 순무와 당근은 채를 썰거나
작은 큐빅 모양으로 자른다. 냄비에 물을 가득 넣고 굵은
소금을 조금 푼다. 물이 끓으면 색이 덜 빠지는 채소 순으로
익힌 뒤 건져내 찬물에 식힌다. 채소가 식으면 체에 걸러
물기를 제거한다.

• • •

　　채수 냄비에서 채소를 걸러 내고 채수 400mL와
한천가루, 바질(다른 허브로 대체 가능)을 넣는다. 1분간 끓인
다음 불을 끄고 소금, 후추, 올리브유로 간을 조절한다.

• • •

　　이제 틀을 준비한다. 디저트를 만들 때 사용하는
스테인리스 무스링이 좋다(평범한 밥그릇도 괜찮다). 틀 안에
준비한 채소와 꽃을 원하는 모양으로 쌓는다. 그 위에
한천을 넣은 채수를 붓고 잠시 식힌 다음 냉장고에 3시간
이상 넣어둔다. 이때 냄새가 밸 수 있으니 윗부분을 접시
등으로 덮어두자. 다 굳으면 틀에서 빼낸다.

• • •

　　아스픽은 차갑게 먹는 요리로 샐러드와 함께하면
더욱 좋다. 샐러드 소스나 두유 마요네즈를 곁들여도 잘
어울린다. 채수 대신 과일 주스를 넣고, 채소 대신 과일과
꽃을 넣어 디저트로 즐길 수 있다. 보통 케이크처럼 큰 틀에

굳힌 뒤 조각을 내어 서빙하지만, 작고 예쁜 틀에 1인분씩 만들면 더 예쁘다. 아스픽을 테이블 위에 올려놓으면 "이야, 봄이 왔네" 하는 말이 절로 나올 것이다. 봄맞이 손님 초대 요리로 안성맞춤이다.

냉장고 없는
퀴노아 생강 리소토

재료(2~3인분)

쌀 1컵(종이컵 기준) | 퀴노아 1/4컵 | 생강 10g | 양파 1개 |

원하는 채소 한 주먹 | 올리브유 | 소금 | 후추 | 향신료 |

채수용 채소 | 물 2L

• • •

    채수를 준비하는 제일 좋은 방법은 약한 불에서

오랫동안 뭉근하게 우려내는 것이지만 시간이 없다면

빠르게 끓여도 괜찮다. 큰 냄비에 물과 채소를 넣고 중불에

끓인다. 나는 보통 대파의 파란 부분과 양파 껍질, 파

뿌리, 당근 껍질 등을 넣는데, 콩을 한 주먹 정도 넣어주면

감칠맛이 더 우러난다. 채수를 내고 남은 콩은 밥에 넣어도

되고 푹 익혀 샐러드로 먹어도 맛있다. 채수는 식지 않게

약불로 계속 끓이거나 센 불에 푹 끓였다가 불을 끄고
뚜껑을 덮어서 보온한다.

• • •
　　그동안 리소토에 넣을 양파와 생강, 각종 채소를
잘게 다진다. 당근, 브로콜리 등 일반적으로 죽에 들어가는
채소면 좋다. 난 버섯을 많이 넣는 걸 좋아하는데, 마른
표고버섯을 쓰는 경우에는 표고버섯 불린 물을 버리지 않고
채수에 넣어준다.

• • •
　　채수가 제대로 우러났다면 이제 다른 프라이팬을
꺼낸다. 열이 골고루 쌀에 전달되는 게 좋으니 냄비보다는
프라이팬이 더 낫다. 다 익으면 양이 꽤 불어나니 넉넉한
팬으로 준비하자. 팬을 중불에 올리고 올리브유를 두른
다음 열기가 올라오면 양파를 넣고 볶다가 쌀을 넣는다.
계속 볶다가 양파가 투명해지면 다져둔 채소와 생강,
퀴노아를 넣고 조금 더 볶아준다. 화이트와인이 있으면 한
바퀴 둘러주고(없어도 된다), 소금과 후추로 간을 한다.

• • •
　　이제부터 계속 불 앞을 지킨다. 따뜻한 채수를 한두
국자씩 떠서 팬에 뿌려야 하기 때문이다. 채수는 체에 걸러
가면서 부어주거나 미리 걸러 두었던 걸 사용한다. 재료가

팬에 달라붙지 않도록 계속 저으면서 동시에 국물이 마르면 다시 채수를 부어주는 과정을 반복한다. 약 20분 정도 걸린다. 취향에 따라 소금, 후추, 향신료 등을 더해준다.

• • •

쌀이 살짝 덜 익었을 때 불을 끈다. 너무 뻑뻑하지 않고 약간 걸쭉한 상태의 농도가 먹기 좋다. 오목한 접시에 덜어 좋은 올리브유 한 줄기를 뿌려서 먹어보자.

• • •

리소토용 쌀이 따로 있기는 하지만 한국의 일반 쌀을 써도 나쁘지 않다. 난 버섯을 가장 맛있게 먹고 싶을 때 리소토를 한다. 쌀이 버섯 향을 온전히 흡수한 리소토는 맛있는 버섯의 풍미가 가득하다. 냉장고에 마땅한 재료가 없고 밥에 김치만 먹어야 할 상황에서도 조금은 근사한 음식을 만들 수 있다.

저요저요
맛간장 렌틸 스테이크

재료(2인분)

°채수__양파 1개 | 파 1개 | 생강 1개 |

마늘 7쪽 | 말린 버섯 조금 | 다시마 | 물 1L

°맛간장__간장 2L | 채수 400mL | 설탕 1.5kg |

청주 혹은 화이트와인 400mL | 사과 1개 | 레몬 1개

°렌틸 스테이크__삶은 렌틸콩 400g | 밀가루(메밀가루, 콩가루 등

대체 가능) 4큰술 | 양파 1개 | 소금 | 후추 | 식용유

• • •

　　　　맛간장은 전날 만들어두면 좋다. 먼저 채수가
필요하다. 채소를 썰어 물과 함께 절반으로 줄어들 때까지
중불에 끓인다. 채수를 거르고 다시 냄비에 간장과 설탕,
청주를 넣어준다. 사과와 레몬은 편을 썰어 함께 넣은 다음
한 번 끓으면 불을 끄고 그대로 한나절 혹은 하룻밤 식힌다.

맛이 밴 간장에서 과일을 건져내고 유리병에 담아 냉장
보관한다. 맛간장은 작은 병에 담아 식사 때마다 조금씩
곁들여도 좋고, 냉국수를 만들기에도 좋다.

●●●
　　　렌틸콩은 바로 삶아도 좋고 삶아서 식혀두거나
얼려둔 콩을 해동하여 써도 된다. 볼에 콩을 넣고 적당히
포크로 으깬다. 다음으로 양파를 다져 팬에 볶는다.
렌틸콩이 담긴 볼에 볶은 양파를 넣고 밀가루와 소금,
후추도 넣는다. 밀가루 대신 콩가루나 옥수수가루(전분
아님), 메밀가루, 밤가루 등을 넣으면 고소한 맛이 더
살아나지만 찰기가 부족해 모양 잡기가 어려울 수 있다.
밀가루와 다른 가루를 적당히 섞어 쓰는 걸 추천한다.

●●●
　　　볼에 물을 조금씩 넣으며 찰기를 조절한다. 보통
밀가루의 1.5배를 넣는다. 찰기는 숟가락으로 떠서 뒤집었을
때 큰 덩어리가 툭 떨어지는 정도면 된다. 식용유를 두른
팬을 가열하다 숟가락으로 큼직하게 반죽을 떠서 원하는
모양과 두께로 구워준다. 경험상 두께가 2cm를 넘지 않아야
속까지 잘 구워진다. 불은 중간보다 조금 더 세게 하고 자주
뒤집기보다 한 면을 노릇하게 구워야 바삭하게 맛있다.

··· 팬에서 스테이크를 다 굽고는 기름기를 살짝 닦아낸 뒤 맛간장 두 컵 정도를 넣어 졸인다. 말린 버섯이 있으면 함께 넣어준다. 농도는 소스를 묻힌 숟가락 뒤편 가운데를 손가락으로 쓱 쓸었을 때 자국이 남는 정도가 좋다.

··· 스테이크 위에 소스를 뿌리고 으깬 단호박이나 감자를 곁들이면 더욱 맛있다. 동그랑땡처럼 작게 만들어서 반찬으로 삼아도 좋고 빵 사이에 끼워 버거로 먹어도 맛있다. 조리 시 콩을 너무 으깨거나 밀가루를 너무 많이 넣거나 너무 두껍게 만들면 퍽퍽해질 수 있으니 주의하자. 적당히 공기가 들어가 얇고 바삭하게 구울수록 아이들이 더 자주 찾는다.

그냥 내가 좋아서 만드는
봄 양배추 뽀삐에뜨

재료(2인분)

양배추 큰 잎 8장 ㅣ 밥 100g(한 공기 정도) ㅣ 양파 3개 ㅣ 마늘 1쪽 ㅣ
당근 1개 ㅣ 샐러리 1줄기 ㅣ 두부 1/2모 ㅣ 부추 혹은 실 ㅣ 양송이버섯 10개 ㅣ
화이트와인 혹은 청주 1컵 ㅣ 소금 ㅣ 후추 ㅣ 올리브유 ㅣ 파슬리

• • •

　　큰 냄비에 물을 가득 넣고 소금은 조금 넣어 끓인다.
끓는 물에 양배추 잎을 바로 데쳐도 좋고 쪄도 좋다.
양배추가 어느 정도 투명해지면 꺼내서 식힌다.

• • •

　　속 재료를 준비한다. 프라이팬에 올리브유를 살짝
두르고 다진 양파와 다진 마늘을 넣고 볶는다. 양파가
투명해지면 다진 당근과 샐러리도 넣어 마저 볶는다. 볼에

볶은 채소, 밥, 물기를 짠 두부, 다진 허브를 모두 넣고 간을 보며 섞는다. 마지막으로 올리브유를 2큰술 정도 넣고 다시 섞어준다.

• • •

　이제 오븐을 210도로 예열한다. 찐 양배추 잎을 펼치는데, 두꺼운 줄기 부분은 완전히 잘라내거나 칼을 눕혀서 포를 뜨듯이 한 층 벗겨낸다. 평평해진 양배추 잎에 속 재료를 크게 1스푼 올린다. 잎의 아래쪽 심지 부분을 위로 한 번 접고, 양쪽을 안쪽으로 한 번씩 접은 다음 월남쌈을 말듯이 전체를 굴리면서 말아준다. 살짝 데친 부추나 실로 묶어 마무리한다.

• • •

　오븐 용기에 얇게 썬 양송이버섯을 깔고 올리브유와 소금을 살짝 뿌린다. 여기에 양배추 뽀삐에뜨를 얹고 화이트와인이나 청주를 뿌린다. 채수나 올리브유도 좋다. 오븐에 넣어 갈색이 약간 돌 때까지 20~25분간 굽는다. 실로 묶었다면 실을 제거한 후 서빙한다.

• • •

　화이트와인 대신 토마토소스를 얹어도 좋고, 개인적으로는 구운 다음 맑은 스프에 촉촉하게 적셔 먹는 것도 좋아한다. 봄 양배추는 무척 달아서 향신료 없이도 맛있지만, 허브를 듬뿍 다져 넣으면 눈이 저절로 감긴다.

• • •

만두보다는 간단하지만, 양배추 즙이 속 재료에 듬뿍
배어들어 꽤 공들인 맛이 난다는 게 이 레시피의 장점이다.
평소엔 양배추를 한꺼번에 가득 삶아두었다가 그때그때
남은 밥에 적당히 채소를 넣어 뽀삐에뜨를 뚝딱 만들어
먹는다. 계절에 따라 배추나 호박잎으로 만들면 색다르다.
돌돌 말린 뽀삐에뜨가 오븐에서 옹기종기 구워지는 모습이
귀엽고, 주방에 가득 퍼지는 향이 감미롭다. 만드는 시간이
행복한 내가 좋아서 만드는 봄이다.

후회하지 않을
단호박 생강 수프

재료(2인분)

양파 1/2개 l 단호박 1/2개 l 생강 한 조각(엄지손가락 한 마디 정도) l

올리브유 l 소금 l 후추 l 채수 혹은 물

• • •

가장 먼저 채수를 준비한다. 준비할 시간이 부족하면
그냥 물을 넣어도 문제는 없지만, 크림이 들어가지 않는
수프인 만큼 채수가 들어가면 더욱 맛있다. 2L 정도의 물을
냄비에 넣고 양파, 파, 당근 등 남는 채소를 넣고 중약불에
오래 끓여준다. 채소를 낭비하는 게 싫으면 대파의 질긴
부분과 양파 껍질, 당근 껍질만 모아서 넣어도 어느 정도
맛이 우러난다. 약불로 최소 20분에서 1시간 정도 끓이면
된다. 화목난로나 석유난로가 있는 집은 미리 냄비를 난로

위에 올려 채수를 만들어두면 좋다.

···　　양파는 깨끗하게 손질하여 채 썬다. 많이 넣을수록
맛이 좋아지기 때문에 양파를 싫어하지 않는다면 듬뿍
넣어보자. 껍질을 벗긴 단호박과 생강을 적당한 크기로
자른다. 나중에 모두 갈아줄 거라 크기는 상관없다.

···　　넉넉한 크기의 냄비에 올리브유를 적당히 둘러주고
양파를 넣어 중불에서 볶아준다. 양파 향이 올라오면
단호박을 넣고 소금, 후추로 간을 한다. 계속 볶다가 양파가
많이 그을리기 전에 약간의 채수와 생강을 넣어주고 뚜껑을
닫은 상태로 조금 끓여준다. 뚜껑을 열고 젓가락이나 포크로
단호박을 하나 찔러 본다. 힘들이지 않고 부드럽게 들어가면
익은 것이다. 이때 채수를 조금 더 넣어주는데, 한꺼번에 다
붓지 말고 농도를 봐 가며 넣는다.

···　　한 번 더 끓어오르면 핸드믹서로 냄비에서 바로
갈아주거나 블렌더로 옮겨 갈아준다. 갈아준 재료는 다시
냄비에 넣고 채수로 원하는 농도를 조절하며 한소끔 더
끓여준다. 소금, 후추로 간을 마무리한다. 움푹한 접시나
국그릇에 담아 서빙하고 잘게 부순 견과류가 있다면 살짝

위에 뿌려줘도 좋다.

• • •

　　한 입 먹으면 뭔가 정겨운 프랑스 시골 할머니가 곁에
있는 듯한 느낌. 이 수프의 포인트는 채수와 생강인데, 채수
없이 만들 경우 달지 않은 두유를 조금 넣어 깊은 맛을 낼
수도 있다. 생강은 의외로 양식과 한식에 모두 부드럽게
잘 어울리는 재료여서 애용하는 편이다. 프랑스에서는
전식 메뉴지만 먹고 나면 배가 꽤 부른 편이라 느긋한 한
그릇 저녁 식사로도 만족스럽다. 생강 대신 마늘을 넣어도
맛있지만 개인적으로 생강을 먹으면 속이 더 편안하다.

· 여름 ·

차별 없는 맛,
복숭아 토마토 바질 여름 샐러드

재료(2인분)

복숭아(천도복숭아 추천) 2개 l 토마토 2개 l 생바질 잎 10여 장 l
샬롯 1개 혹은 햇양파 1/4개 l 올리브유 l 소금 l 후추

• • •

먼저 복숭아를 반으로 가른다. 움푹 들어간 곳을
따라 아보카도를 손질하듯 칼집을 넣은 뒤 반으로 비틀어
쪼갠다. 씨를 빼낸 후 반달 모양의 편으로 썬다. 토마토도
꼭지를 자르고 같은 모양으로 자른다. 두 재료를 최대한
유사한 크기로 썰어야 서로의 맛이 잘 어우러진다.

• • •

여기에 다진 샬롯 혹은 양파를 넣는데, 양파를 넣을
경우엔 햇양파나 적양파처럼 매운맛이 덜한 양파를 쓰는

편이 좋다. 일반적인 매운 양파를 써야 한다면 다진 뒤
찬물에 잠시 담가 매운맛을 살짝 빼두고 쓰자. 생바질 잎도
잘게 썰어둔다. 바질은 너무 잘게 다지면 즙이 빠져 쓴맛이
나니 한 번에 빠르게 써는 편이 좋다.

• • •

    큼직한 볼에 복숭아와 토마토, 다진 샬롯과 바질을
넣은 다음 소금과 후추로 간을 한다. 후추는 생략해도
괜찮지만 소금은 좋은 품질의 소금을 쓰면 좋다. 복숭아와
소금의 조합이 상상되지 않을 수도 있지만, 살짝 짭짤하다
싶은 정도로 넣어보길 추천한다. 마지막으로 올리브유를
듬뿍 뿌린다. 올리브유 역시 품질이 좋은 걸 쓰면 더욱
맛있다. 재료들이 으깨지지 않도록 조심스럽게 섞어준다.

• • •

    너무 간단한 레시피여서 책에 소개하는 걸
고민했지만, 재료의 조합이 색다르고 무엇보다 여름 하면
바로 떠오르는 샐러드 레시피여서 알리고 싶었다. 이
샐러드는 반드시 여름에 해 먹기를 권한다. 요즘은 모든
재료를 사시사철 구할 수 있지만, 진한 맛의 제철 과일과
채소로 만들어야 정말 맛있는 샐러드가 나오기 때문이다.

• • •

    재료를 선택할 때는 맛의 어울림을 신경 쓰는 게

좋다. 예를 들어 복숭아가 무척 달고 맛있다면 토마토도
최대한 진하고 강한 맛을 내야 한다. 그러면 맛의 균형이 잘
맞아 한 스푼에 여러 재료를 담아 먹었을 때 정말 새로운
맛을 느낄 수 있다. 어느 재료 하나 차별이 없는 맛, 모두가
잘 어우러지는 맛, 진한 여름의 맛이다.

그릇에 넘치도록 담고 싶은
라따뚜이

재료(2인분)

애호박 3개 | 가지 3개 | 양파 1개 | 파프리카 2개 | 토마토 3개 |
마늘 2쪽 | 올리브유 | 부케가르니 1개(월계수 잎, 타임, 로즈마리 등을
요리용 실로 묶은 허브 다발을 말한다. 스톡이나 소스를 만들 때
향을 내기 위해 사용한다. 번거롭다면 생략하거나
월계수 잎만 넣어도 좋다) | 소금 | 후추

· · ·

　　위에 나열한 재료들은 한여름에 쉽게 구할 수 있는
채소다. 채소는 꼭 정량대로 구비할 필요가 없다. 좋아하는
재료는 더 넣고 싫어하는 재료는 빼거나 줄여도 괜찮다.
어떤 사람은 토마토를 싫어해서 감자를 주재료로 넣은
라따뚜이를 만들기도 한다. 재료를 손질할 때 채소는
깍둑썰기를 해도 되고 적당히 얇게 동그란 편으로 썰어도

된다. 대신 각각의 채소가 비슷한 크기여야 한다.

• • •

　　다음으로 손질한 재료를 굽기만 하면 되는데,
사용하는 도구가 오븐이냐 냄비냐에 따라 만드는 방법이
나뉜다. 오븐 조리법은 오븐을 190도로 예열한 뒤, 용기에
채소 한 종류를 넣고 올리브유를 살짝 두른 다음 겉이
노릇노릇해질 때까지 약 10분 정도 굽는다. 다 익으면 앞의
채소를 빼낸 뒤 다른 채소를 같은 방법으로 굽는다. 이런
식으로 익힌 채소를 모두 한 용기에 넣고 소금, 후추로
간을 한다. 여기에 다진 마늘과 부케가르니를 넣고 적당히
섞어준다. 뚜껑이나 알루미늄 호일로 용기를 덮어준 뒤 다시
오븐에서 30분간 구워준다. 냄비 조리법도 오븐과 비슷하다.
무쇠 냄비처럼 두꺼운 냄비에 재료들을 하나씩 중불로
볶는다. 마지막에 모든 재료를 한 냄비에 담아 소금, 후추,
다진 마늘, 부케가르니를 넣은 뒤 뚜껑을 닫고 약불에서
30분간 졸여준다.

• • •

　　재료를 따로따로 볶는 이유는 각각의 채소를
살짝 그을리듯 구워야 더욱 맛있는 불맛을 느낄 수 있기
때문이다. 부케가르니를 구하거나 만들기 어렵다면 각종
허브를 적당량 넣어도 되지만 부케가르니를 활용하면 더욱

깔끔한 요리를 만들 수 있다. 〈라따뚜이〉에서처럼 처음부터 재료를 착착 쌓아 놓고 그 위에 토마토소스를 얹은 후 굽는 방법도 있다. 이러면 모양은 예쁘지만 각 재료에 불맛이 제대로 배지 않아 진정한 라따뚜이 맛이라고 하긴 어렵다. 애니메이션 〈라따뚜이〉의 주인공 레미는 분명 비법을 알고 있겠지만 난 아직 알아내지 못했다.

• • •

라따뚜이는 프랑스에서 여름에 쉽게 만들어 먹는 가정식이다. 흔한 음식인 만큼 다소 무시받기도 하지만 좋은 제철 채소를 구해 정성껏 하나하나 불맛을 내며 만드는 집은 흔치 않다. 세심히 구워내 뭉근히 졸인 라따뚜이에서는 어떤 근사한 요리도 부럽지 않은 정성어린 맛이 난다.

골고루 담긴 수박 가스파초

재료(2인분)

토마토 2개 | 수박(붉은 부분) 250g | 오이 1/4개 |

바질 혹은 파슬리 | 양파 1/4개 | 올리브유 | 소금 | 후추

°장식용 채소__오이 | 애호박 | 토마토 약간

• • •

믹서기만 있으면 10분 안에 만들 수 있는 초간단

레시피다. 모든 채소를 적당히 썰어서 믹서기에 넣고 전부

갈아주면 끝이다. 차가운 여름 수프인 가스파초는 활용도가

다양하다. 수박 대신 멜론을 넣어주어도 맛있고, 오이 대신

수박의 하얀 부분을 넣어주어도 무난하다.

• • •

그냥 갈아서 마시듯이 먹어도 맛있지만 조금 씹히는

맛을 더해주기 위해 채소를 조금 얹어주면 더욱 좋다. 오이, 애호박, 토마토 등을 아주 작게 깍둑썰기 한다. 프랑스에선 이것을 '브뤼누아즈brunoise'라고 하는데, 수프나 샐러드에 장식으로 많이 올린다. 작지만 단정하게 썬 채소가 장식으로 올라가면 간단한 수프라도 차림새가 확 달라 보이는 효과가 있다.

• • •

　수프 농도는 너무 묽지 않아야 장식하기가 편하다. 수프가 너무 묽으면 채소가 모두 가라앉기 때문이다. 농도는 토마토와 수박, 오이의 수분에 따라 매번 달라지는데 한 번 획 갈아준 뒤 너무 걸쭉하면 수박을 조금 더 넣어주고, 너무 묽으면 토마토의 씨를 빼고 과육만 더 넣어주는 식으로 조절한다.

• • •

　간은 조금 세게 하는 편이 좋다. 예쁘게 내고 싶다면 수프를 파스타용 접시처럼 넓고 움푹한 그릇에 반 정도 찰 만큼만 담고, 썰어둔 채소를 적당히 얹어준다. 후추를 조금 뿌리고 허브로 장식한 뒤 마지막으로 올리브유를 얇게 획 한 번 둘러준다.

• • •

　구하기 어렵다면 생략 가능하지만 바질이나

파슬리를 넉넉히 넣어주면 더욱 맛있다. 혹은 고춧가루를 조금 더해주면 독특한 맛이 난다. 선호하는 과일에 따라 사과나 포도 등 새로운 조합을 시도하는 것도 좋다. 개인적으로는 멜론이 가장 좋았고, 달콤한 천도복숭아도 잘 어울렸다.

• • •

　　가스파초는 식전에 소량 내면 좋은 메뉴다. 매우 간단하지만 그럴듯한 모양새와 맛을 선사하는 사랑스러운 수프. 어느 과일이라도 꽤 넉넉하게 받아주는 열린 마음의 레시피로 여름을 맞이해보자.

달콤한 여름의 맛,
프랑스식 완두콩 조림

재료(2인분)

껍질을 벗긴 생완두콩 300g ┃

작은 햇양파 2개 혹은 움파(겨울에 베어낸 줄기에서 자란 대파) 2개 ┃

상추 3장(생략 가능) ┃ 올리브유 ┃ 채수 혹은 물 20mL ┃ 소금 ┃ 후추

• • •

    작은 햇양파나 움파를 구하지 못했다면 일반 양파
반 개로 대체해도 괜찮다. 하지만 제철 햇양파의 맛은
놓치지 말고 꼭 누려보길. 햇양파나 움파는 10cm 길이로
잘라준다(움파의 흰 뿌리 부분이 굵다면 세로로 반을 가른다).
상추는 큼직큼직하게 썰어준다. 생완두콩을 깨끗하게 씻은
다음 체에 받쳐 물기를 뺀다.

• • •
　　두꺼운 냄비를 준비한다. 무쇠 냄비가 가장 좋지만 뚜껑을 덮을 수 있는 일반 냄비도 무관하다. 냄비에 올리브유를 두르고 달아오르면 양파를 넣어 중불에 살짝 볶는다. 달콤한 냄새가 올라오면 약불로 줄여서 3분간 더 볶아준다.

• • •
　　이제 여기에 크게 썰어둔 상추와 물기를 뺀 완두콩을 넣고 조금 섞어준 다음 채수를 넣는다. 이때 월계수 잎이나 타임 같은 허브를 조금 넣어주어도 좋다. 뚜껑을 닫고 약불에 15분간 끓인 뒤 뚜껑을 열고 채수가 거의 바닥을 보일 때까지 약 5분간 졸이면 완성이다. 뜨거울 때 서빙하여 먹는다.

• • •
　　밥과 함께 먹거나 삶은 감자와 함께 먹어도 잘 어울리는 편안한 프랑스 가정식. 나는 햇양파 맛을 정말 좋아해서 햇양파를 레시피의 두 배로 넣어 만들곤 한다. 약간 텁텁한 식감을 해소해줄 가벼운 스프를 함께 내면 더욱 좋다. 햇완두콩 특유의 달콤하고 고소한 맛에 흠뻑 빠져들 수 있다.

• • •
　　포인트는 단 하나. 딱 제철일 때 만날 수 있는 좋은

햇완두콩과 햇양파를 구하는 것이다. 생으로 그냥 먹어도 맛있는 완두콩을 프랑스식으로 푸짐하게 졸여 먹으면 무더운 여름이 더없이 즐거워진다.

이제부터 잔뜩 먹고 싶은
찐 가지 캐비어

재료(2인분)

가지 2개 | 양파 1/2개 | 마늘 1쪽 | 올리브유 | 블랙 올리브 5~6알 |

고운 고춧가루 | 큐민가루 | 쪽파 1큰술 | 레몬즙 1큰술 |

깻가루 혹은 참깨 페이스트 1작은술

• • •

　　보통은 가지를 구워 먹지만 좀 더 부드러운 맛을
느끼고 싶을 때 찐 가지 캐비어를 찾는다. 먼저 가지 껍질을
모두 벗겨 큼직하게 깍둑썰기하고 양파는 다진다. 다음으로
가지와 양파를 찜기에 15분간 쪄준다. 찜기가 없으면 뚜껑
있는 용기에 넣고 전자레인지에 10~15분간 돌려준다. 볼에
랩을 씌우고 구멍을 조금 뚫어 조리해도 된다.

・・・

　　프라이팬에 올리브유 2큰술을 두르고 찐 가지와
양파를 넣고 다진 마늘, 다진 쪽파, 고춧가루, 다진 블랙
올리브, 소금, 후추를 넣고 중약불에 2분간 볶아준다.
고춧가루는 취향에 맞게 넣어 맵기를 조절한다. 이때 포크나
숟가락으로 가지를 최대한 으깨며 볶아주거나, 아예 모든
재료를 믹서기에 갈아 스프레드 형태로 만들어도 된다.

・・・

　　이제 불에서 내려 한 김 식힌 뒤 큐민가루 조금,
레몬즙, 깻가루 혹은 참깨 페이스트를 섞어주고 완전히 식혀
서빙한다. 마지막 과정의 재료들은 생략하거나 이 가운데
하나만 사용해도 괜찮다. 다만 모든 재료가 들어가면 정말
이국적인 가지 캐비어 맛을 즐길 수 있다.

・・・

　　가지 캐비어를 가장 맛있게 먹을 수 있는 방법은
역시 빵 위에 얹거나 발라먹는 것이다. 손님을 초대했을 때
식전주와 함께 내기 좋다. 취향에 따라 향이 강한 재료인
마늘, 큐민가루, 고춧가루 등을 조절하면 된다. 가지는
대부분의 향신료와 무난하게 잘 어울리는 재료여서 다른
향신료를 조합해도 좋다. 생 파슬리나 생 고수를 다져
넣어도 풍부한 맛이 난다.

가지를 싫어하는 사람도 있지만, 향신료와 레몬즙을
잔뜩 넣어주면 더 많은 사람들이 거슬림 없이 즐길 수 있는
레시피가 된다. 그래서 입맛이나 취향을 잘 모르는 사람들과
함께 먹기에 좋은 음식이다. 늘 가지를 싫어한 아이도 가지
캐비어를 맛보고 가지와 사랑에 빠져버렸다. 말 그대로
'이제부터 잔뜩 먹고 싶은' 그런 멋진 레시피다.

믿고 먹는 렌틸콩 샐러드

재료(2인분)

렌틸콩 1컵 | 양파 1/2개 | 배추 잎 5장(양배추도 가능) | 사과 1/2개 |

간장 3큰술 | 식초 4큰술 | 올리브유 4큰술 | 소금 | 후추

● ● ●

먼저 양파를 다진다. 삶을 거니까 너무 잘게 다지지
않아도 괜찮다. 양파의 씹는 맛을 좋아한다면 조금 큼직하게
깍둑썰기 한다. 배추는 냄비에 들어갈 정도로만 적당히
큼직하게 썬다.

● ● ●

작은 냄비나 뚝배기에 렌틸콩, 양파, 소금, 후추를
넣고 물 2컵 반을 넣어준다. 월계수 잎이 있으면 넣어도 좋다.
뚜껑을 닫고 중불에서 한소끔 끓이다 뚜껑을 열고 배추를

넣고 다시 뚜껑을 닫는다. 배추가 물에 다 잠기지 않아도 괜찮다. 5분 정도 지나 배추가 잘 익었으면 배추만 꺼낸 뒤 다시 뚜껑을 덮는다. 렌틸콩이 마저 삶아지는 동안 배추를 찬물에 씻어 물기를 꼭 짠다. 익힌 배추와 사과를 채 썬다.

• • •

20분 정도 지나면 렌틸콩이 다 삶아졌을 것이다. 조금 덜어 맛을 보아 다 익었으면 체에 거른다. 이 과정에서 나온 채수로 밥을 지어도 좋다. 렌틸콩이 한김 식는 동안 큰 볼에 간장, 식초, 올리브유를 넣어 양념장을 만든다. 여기에 사과를 넣고 섞는데, 사과가 없다면 설탕을 1큰술 넣어준다. 간을 보고 취향에 따라 고춧가루나 참기름을 조금 넣어주어도 맛있다.

• • •

이 샐러드는 약간 미지근하게 먹는 게 매력이다. 적당히 식은 렌틸콩과 배추를 볼에 넣고 섞은 뒤 그대로 먹거나 큰 접시에 모양을 내어 담아도 좋다. 소스가 조금 자작한 샐러드여서 빵을 찍어 먹어도 괜찮고, 삶은 감자를 으깨 함께 먹어도 맛있다.

• • •

포인트는 렌틸콩을 충분히 익혀주는 것과 양파를 넣어주는 것이다. 렌틸콩과 양파를 함께 익히면 훨씬 풍부한 맛이 나고, 생양파를 좋아하면 얇게 채 썰어 물에 담가두었다가 곁들여도 아삭하니 좋다. 이 레시피는 내 취향이 한껏 더해졌지만 만드는 사람의 기호에 따라 당근을 넣어도 좋고, 삶은 감자나 마카로니 파스타 등을 넣어주어도 맛있다. 저마다의 취향에 따라 이것저것 넣어보자. 뒷일은 걱정 마시라. 다른 누구도 아닌 '믿고 먹는' 렌틸콩 샐러드가 다 알아서 해줄 테니.

하루를 채워줄 아늑한 케이크, 체리 클라푸티

재료(4인분)

체리 500g | 밀가루 110g | 설탕 80g | 아몬드가루 25g |

가향 술(럼주, 그랑 마르니에, 꼬냑 등) 1큰술(생략 가능) |

아몬드유(혹은 두유) 300mL |

아몬드 크림(혹은 다른 식물성 크림) 100mL | 슈거 파우더 1큰술 | 소금

• • •

클라푸티는 보통 체리로 만드는 여름 디저트지만 작은 복숭아나 살구, 서양배로 만들어도 맛있다. 체리는 크고 검은 달달한 품종이 좋다. 씨앗을 빼지 않고 만드는 것이 정석이지만 먹을 때 걸리는 것이 싫다면 씨앗을 빼고 넣어도 된다. 대신 즙이 많이 빠지니 아몬드가루를 조금 더 추가해 농도를 맞추자.

···

　　깨끗이 씻은 체리의 물기를 말려주고 꼭지는 미리
제거한다. 그리고 큰 볼에 밀가루와 아몬드가루, 설탕,
소금을 넣고 섞어준다. 이때 바닐라가 함유된 설탕, 엑기스,
파우더 등을 살짝 더해주면 향이 좋다.

···

　　여기에 아몬드 크림 전량과 아몬드유 절반을 넣고
거품기로 꼼꼼하게 섞는다. 다 섞으면 가향 술과 남은
아몬드유를 넣고 다시 저어준다. 제대로 멍울 없이 다
섞였으면 그대로 1시간 동안 냉장고에 보관한다. 이를 휴지
과정이라 부른다.

···

　　이제 타르트 틀을 준비하고 오븐을 200도로
예열한다. 틀은 오븐 사용이 가능한 것으로 널찍하고 낮은
그릇이면 된다. 이 타르트 틀에 붓이나 키친타월로 식물성
기름을 얇고 고르게 펴 바른다. 여기에 밀가루 1큰술을
부어 모든 면을 돌려가며 밀가루를 묻힌다. 고루 묻었으면
틀을 뒤집어 남은 밀가루를 탁탁 쳐서 털어낸다. 이 과정을
거치면 유산지 없이도 쉽게 틀에서 케이크를 빼낼 수 있다.

···

　　틀 바닥에 체리를 촘촘하게 채운다는 느낌으로
깔아준다. 그리고 휴지시킨 반죽을 틀에 부어준다. 주의할

점은 체리가 둥둥 뜨지 않도록 천천히 붓는 것이다. 타르트
틀을 오븐에 넣고 45분간 구워준 뒤, 오븐에서 꺼내 표면에
슈거 파우더를 고루 뿌려준다. 틀에서 클라푸티를 빼내야 할
경우에는 뒤집어서 뺀 다음 파우더를 뿌려준다. 조금 식혀서
미지근하게 먹으면 제일 좋다.

• • •

　　클라푸티라는 단어의 어원에는 '채우다'라는 의미가
들어간다. 맛있는 체리에 소박하고 깔끔한 반죽을 가득 채워
넣은 프랑스의 가정식 케이크. 가족들과 차 한 잔에 갓 만든
클라푸티 한 조각을 먹으면 하루가 가득 채워지는 듯한
느낌을 받는다. 푸짐하고 따뜻한 케이크, 이 맛에 기대어
오늘 하루도 잘 떠나보낼 수 있다.

크리스마스 같은 사과 말랭이

재료

사과 여러 개 | 빨랫줄 혹은 긴 대나무 혹은 커튼 봉 | 실 |
사과 뚫는 도구 혹은 젓가락 | 텔레비전 혹은 오디오

• • •

　　이건 딱히 특별한 기술이나 재료가 필요한 음식이
아니다. 다만 약간의 인내를 필요로 한다. 텔레비전을 틀어
놓고 콩나물을 다듬듯이, 좋아하는 예능이나 음악을 틀고
사과 다듬기를 시작하자. 나는 8개의 사과로 1시간 정도
걸렸다.

• • •

　　우선 사과를 자른다. 수직으로 사과의 심을 뚫어서
빼는 도구가 있다면 먼저 심을 빼고 도넛 형태로 얇게 편을

썬다. 두께는 약 3mm 정도가 적당하다. 두꺼울수록 건조 시간이 오래 걸린다. 도구가 없어도 앞의 방식대로 잘라준다. 사과를 다 썰면 따로 접시에 담아둔 뒤 실을 준비한다. 1m 정도의 길이로 실 가닥을 10개쯤 잘라둔다.

• • •
　　이젠 단순노동의 시작이다. 사과 뚫는 도구로 작업하면 자연스레 도넛 모양이 나올 것이다. 미리 뚫어 놓지 않았다면 가운데 부분을 젓가락으로 실을 밀어주며 통과시킨다. 실 하나에 편으로 썬 사과 5~6개를 매달 수 있다. 사과 편마다 약 8cm 여유를 두고 묶어준다. 끝부분엔 실을 15cm 이상 남겨두어야 나중에 매달기 편하다.

• • •
　　천장이나 벽에 빨랫줄이나 대나무 봉을 매달 곳이 있다면 좋겠지만 없다면 커튼 봉을 활용해도 괜찮다. 커튼을 걷고 당분간 사과 말랭이를 걸어보자. 가능한 사람이 다니지 않는 곳에 말랭이를 매달거나, 아니면 처음부터 짧은 줄에 사과 편을 3개 정도씩 매달아도 괜찮다. 준비해둔 사과 편들을 가지고 와서 두 번 매듭지어 달아준다. 실은 나중에 가위나 칼로 제거할 테니 꽉 묶어도 괜찮다. 주의할 점은 사과 편들이 서로 달라붙지 않게 사이사이 여유를 두는 것이다. 다 매단 뒤에 예쁜 사과 커튼의 모양과 향을 감상하자.

●●●

　　실내의 온도, 습도, 편 두께에 따라 다르지만 일주일
정도 느긋하게 기다리면 말랭이가 완성된다. 바삭하게
만드는 것이 아니라 만졌을 때 살짝 눌릴 정도로 말린다.
실을 제거하고 밀폐용기에 담아 보관하면 된다. 나는 사과
껍질을 그대로 두고 만들지만 질긴 식감이 싫다면 껍질을
벗기는 것이 좋다. 대신 사과 편에 힘이 없어 만들 때 조금
불편할 수 있다. 과정이 조금 지루하지만 일주일 동안
아름다움과 향을 음미하고, 겨우내 쫄깃하고 달달한 맛까지
즐길 수 있는 풍요로운 레시피다.

초대받았을 때 들고 가기 좋은
감자 그라탱

재료(2인분)

감자 500g | 마늘 1쪽 | 달지 않은 식물성 우유 350mL |

식물성 크림 혹은 요거트(생략 가능) 80mL | 올리브유 |

소금 | 후추 | 넛맥(생략 가능)

• • •

　감자 껍질을 벗긴 뒤 얇게 편을 썰어준다. 넓직하게
썰 수 있는 채칼이 있다면 편하게 요리할 수 있다. 편을 썰고
나서는 감자를 씻지 않는다. 씻으면 전분이 다 빠져나가
그라탱 질감이 부족해진다.

• • •

　적당히 큰 냄비에 식물성 우유를 붓는다. 여기에 다진
마늘, 소금, 후추를 넣는다. 넛맥 즉, 육두구의 가루를 아주

살짝 뿌린다. 끓기 시작하면 썰어둔 감자를 넣고 중불에서 10~15분 정도 더 끓인다. 그동안 오븐을 180도로 예열한다.

• • •

　　용기에 그라탱이 달라붙는 게 싫으면 미리 올리브유를 살짝 바르면 좋지만, 난 눌어붙은 부분을 긁어 먹는 걸 좋아해서 일부러 바르지 않는다. 감자가 다 익었으면 감자를 먼저 용기에 담고 냄비에 남은 우유를 5분 정도 더 졸인 다음, 식물성 크림 혹은 요거트와 섞어서 다시 간하여 감자 위에 부어준다. 크림이나 요거트가 없으면 우유를 덜 졸이면 된다. 마지막으로 위에 올리브유를 한 바퀴 둘러주고 오븐에서 50분~1시간 정도 굽는다.

• • •

　　개인적으로는 크림이나 요거트를 생략하고 마늘과 후추, 넛맥의 향을 살려 만드는 걸 좋아하지만, 넛맥은 약간의 독성이 있는 향신료이기 때문에 극소량만 사용한다.

• • •

　　프랑스의 대표적 감자 그라탱인 '그라탱 도피노아'에는 원래 일반 우유와 버터, 크림이 들어가는데 나는 식물성 우유로 레시피를 변형했다. 이때 가능하면 진한 두유를 추천한다. 쌀 우유는 텁텁한 데다가 너무 묽어서 이 요리에 어울리지 않는다. 아몬드 우유나 헤이즐넛

우유는 달지 않은 제품이라도 묘하게 달짝지근한 향이
나서 호불호가 갈릴 수 있다. 코코넛 우유도 나쁘지 않지만
지방이 많아 올리브유 사용이 제한된다.

• • •

　　이 레시피로 그라탱을 만들면 식었다 다시 데워
먹어도 맛이 좋다. 오히려 시간이 지나면서 맛이 잘 베어들어
그런 것 같다. 그래서 외부 모임에 초대받았을 때는 미리
만들어두었다가 가지고 가서 데워 먹는 것도 방법이다.
오븐에 데우면 제일 좋지만 전자레인지 사용도 괜찮다. 대신
차게 먹으면 맛이 없으니 초대받은 집의 부엌 사정을 미리
알아두길!

미래를 꿈꾸는
연두부 크렘 브륄레 혹은 캬라멜 푸딩

재료(4인분)

두유 300mL | 연두부 200g |

설탕 50g + 마무리 설탕(황설탕 추천) 8큰술 | 한천가루(우무) 1큰술 |

전분 1큰술 | 계피가루 혹은 바닐라가루

• • •

영화 〈아멜리에〉에서 아멜리에가 숟가락으로 설탕을
탁탁 깨부수는 느낌을 좋아한다고 했던 그 유명한 디저트를
만들어보자. 보통 프랑스에선 두유와 두유 크림을 이용해
만드는 비건 디저트이지만, 한국에선 두유 크림보다는
연두부를 더 구하기 쉬워 레시피를 바꿔보았다. 게다가 이
방법은 오븐이 필요 없기도 하다.

과정은 아주 간단하다. 마무리로 뿌릴 설탕을
제외하고 모든 재료를 믹서기에 넣고 갈아준다. 그다음
냄비에 붓고 중약불에서 거품기로 천천히 저으면 이윽고
부글부글 끓어오른다. 이때부터 2분간 쉬지 않고 계속
저어준다.

재료를 4개의 그릇에 나눠 담아 냉장고에서 2시간
이상 식힌다. 보통 크렘 브륄레용 그릇은 동그랗고 낮은
원통형인데, 이 레시피는 오븐을 쓰지 않기 때문에 작고
낮은 밥공기나 옆면이 높은 반찬 그릇을 사용해도 괜찮다.

다 식힌 크렘 브륄레를 꺼내 위에 설탕을 고르게
뿌려준 후 토치로 천천히 노르스름하게 녹여준다. 이
작업에서 열이 매우 뜨겁게 발생하기 때문에 그릇을 고를 때
열을 잘 견디는 그릇을 고르는 게 좋다.

만약 토치가 없다면 크렘 브륄레가 아닌 캬라멜
푸딩을 만들면 된다. 모든 과정에 앞서 냄비에 황설탕
8큰술을 넣고 중약불에서 '젓지 않고' 갈색이 날 때까지
끓여준다. 냄비가 탈까봐 불안하면 물 3큰술 정도를 넣고
같이 끓여도 된다. 대신 물은 중간에 넣지 말고 처음부터

넣는다. 이렇게 만들어진 캬라멜을 그릇에 나눠 담고,
앞의 크렘 브륄레 과정을 거친 재료를 이어서 담아준다.
그리고 그릇을 냉장고로 보내 시간을 들이면 푸딩이 된다.
냉장고에서 푸딩을 꺼내 접시 위에서 그릇을 조심스럽게
뒤집으면 완성.

• • •

　　크렘 브륄레는 아멜리에처럼 윗부분을 톡톡 깨 먹는
재미가 있고, 캬라멜 푸딩은 부드럽고 조화로운 식감을 즐길
수 있으니 원하는 형태로 만들어보자. 향신료는 계피와
바닐라가 가장 무난하지만, 레몬 제스트를 넣어도 향긋하고
우유에 홍차를 우려내 써도 좋다.

·겨울·

버터를 넣지 않아도
만들 수 있는 끼쉬

재료(2~3인분)

°타르트지__밀가루 200g | 올리브유 6큰술 |

물 4큰술 | 소금 2꼬집 | 향신료

°필링__마늘 2쪽 | 양파 1개 | 애호박 1개 | 가지 1개 | 피망 1개 |

식물성 우유 100mL | 두부 200g | 전분 1큰술 |

올리브유 | 소금 | 후추 | 향신료

• • •

타르트지를 만든다. 밀가루는 일반 중력분을
쓰면 되지만 다양한 가루를 섞으면 더 포슬포슬하고
고소한 타르트를 만들 수 있다. 주로 옥수수가루, 병아리
콩가루, 메밀가루 등을 섞는다. 큰 볼에 밀가루와 소금,
향신료(고춧가루, 커리가루, 파슬리가루 등 취향껏)를 넣고
적당히 섞은 뒤 올리브유를 넣는다. 여기에 물을 넣고

치대는데 반죽이 적당히 뭉쳐 손에 너무 달라붙지 않으면
된다. 밀가루 종류에 따라 점성이 다르므로 처음부터
물을 너무 많이 넣지 않도록 주의한다. 반죽을 1시간가량
숙성시키면 좋지만 바쁠 땐 바로 써도 괜찮다.

• • •

　　속 재료를 준비하자. 마늘은 다지고 나머지 채소들은
깍둑썰기를 한다. 채소는 취향과 계절에 따라 자유롭게
준비한다. 다음으로 필링 반죽을 만든다. 전분, 두부, 식물성
우유, 소금, 후추, 향신료를 넣고 갈아주면 된다.

• • •

　　타르트 틀에는 올리브유를 살짝 바르고 밀가루를
얇게 덧입혀주거나, 종이 호일을 사용한다. 반죽은 밀대나
유리병으로 얇게 그리고 타르트 틀보다 조금 더 크게
밀어준다. 반죽을 펴 타르트 틀에 얹고 모양을 잡아준다.
이때 평평한 부분을 포크로 몇 번 쿡쿡 찔러서 부풀어
오르는 걸 방지한다.

• • •

　　오븐을 180도로 예열하여 약 5분 정도 타르트지가
노르스름해질 때까지 굽는다. 그 사이 프라이팬에
올리브유를 두르고 마늘을 넣어 약한 불에서 향을 낸다.
향이 나면 썰어둔 채소를 소금, 후추로 간하며 볶는데,

가지가 있다면 제일 먼저 넣는다. 이쯤 되면 타르트지가 다 익었을 것이다. 오븐에서 타르트지를 꺼내 그 위에 볶아둔 채소를 적당히 펴 넣는다. 그리고는 필링 반죽을 붓고 곧바로 오븐에 다시 넣어 20분 정도 구워준다.

• • •

　　원래 끼쉬는 타르트지에는 버터가, 반죽에는 우유, 크림, 달걀이 들어간다. 하지만 비건식으로도 맛있게 만들 수 있다. 오븐, 믹서기, 타르트 틀 등이 조금 복잡하게 느껴질 수도 있지만 기본 도구만 있으면 만들기는 쉽다. 일요일 오전 냉장고 속 남은 채소를 처리할 겸 노래를 흥얼거리며 만든 끼쉬로 푸근한 하루를 맞이할 수 있다.

깨끗한 식욕이 만든
노 오븐 초콜릿 컵 크림

재료(4인분)

비건 쿠키 혹은 비스킷 | 견과류 | 식물성 우유 250mL |

다크 초콜릿 300g | 코코넛 밀크 캔 400mL | 설탕 2큰술 |

녹차가루 1큰술 | 작은 유리잔 혹은 유리볼 4개

• • •

　가장 먼저 할 일은 코코넛 밀크 캔을 냉장고에
하룻밤 넣어두는 것이다. 이걸로 녹차 휘핑 크림을 만들
예정인데, 장식을 겸해 넣는 거라 생략해도 괜찮다. 냉장고에
오래 넣어두면 흰 크림과 즙이 분리되어 사용하기에 더
편하다.

• • •

　시판되는 비스킷 중에도 버터나 우유가 들어가지

않은 비건 제품이 간혹 있다. 만약 못 구했다면 그냥
견과류를 그만큼 더 넣으면 된다. 푸드 프로세서가 있다면
비스킷 한 주먹과 견과류 반 주먹(비스킷이 없다면 견과류 두
주먹)을 넣고 돌려준다. 푸드 프로세서가 없다면 칼로 적당히
다져준다. 너무 가루가 되지 않도록 주의한다.

• • •
　　이제 초콜릿 크림을 만들자. 초콜릿은 중탕하거나
전자레인지에 2~3분 정도 돌려서 녹인다. 개인적으로
전자레인지는 별로 추천하지 않지만 효율적인 방법이다.
녹인 초콜릿에 식물성 우유를 잘 섞어준다. 이때 우유가
너무 차가우면 초콜릿과 잘 섞이지 않고 분리되기 때문에
우유도 중탕을 하거나 전자레인지로 데워준다. 살짝 맛을
보면 보통은 이것만으로도 적당히 달고 맛있지만, 쓴 다크
초콜릿이나 달지 않은 두유를 썼다면 설탕을 추가로 넣어야
할 수도 있다. 소금을 살짝 넣어주면 적은 설탕으로도
단맛을 더 낼 수 있다.

• • •
　　준비한 잔이나 볼을 꺼낸다. 분위기를 내고 싶다면
와인 잔도 괜찮다. 먼저 잔 바닥에 다진 견과류와 비스킷을
적당히 깐다. 씹히는 맛에 대한 선호도에 따라 취향껏
담는다. 나는 1cm 정도 담는 걸 좋아한다. 그다음 준비한

초콜릿 크림을 붓는다. 앞선 재료의 2배 정도 두께가
적당하다. 상온에서 식히다가 냉장고에서 굳힌다.

• • •

크림이 굳는 동안 휘핑 크림을 만든다. 냉장고에서
코코넛 밀크 캔을 꺼내 위의 하얀 크림만 건져 큰 볼에
담는다. 설탕과 녹차가루를 넣고 거품기로 휘젓는다. 금방
단단해질 것이다. 짜는 주머니에 담거나 없으면 적당히
스푼으로 퍼서 굳힌 크림 위에 얹는다. 마지막으로 과일이나
민트 등으로 장식한다. 식탁에 내놓기 전까지는 냉장
보관한다.

• • •

이 레시피로 오븐 없이도 그럴싸한 디저트를 완성할
수 있다. 여러 개 만들어 냉장고에 넣어두면 퇴근길이
행복해진다. .

간결하고 재미있고 강력한
파스타 & 당근 사과 샐러드

재료(2인분)

°파스타__토마토소스 600mL | 올리브유 | 소금 | 후추 | 마늘 두 쪽 |

생바질 잎 4~5장 | 파스타(링귀니 추천) 200g

°샐러드__당근 1개 | 사과 1/2개 | 식초 3큰술 | 간장 1큰술 |

올리브유 2큰술 | 소금 | 후추

• • •

　　　　직접 만든 토마토소스가 있다면 제일 좋지만

한국에서 여름마다 수제 토마토소스를 만드는 사람은

거의 없을 것이다. 시판 소스로 대체하자. 대신 다른 재료가

들어가지 않은 토마토 100퍼센트로 만든 소스를 고르자.

소스의 종류는 토마토를 껍질만 벗긴 것(홀), 적당히 으깬

것(퓨레), 갈아 놓은 것(페이스트) 등 여러 가지가 있는데

개인적으로는 적당히 으깨진 것을 선호한다. 사실 파스타는 소스와 올리브유가 전부라고 해도 과언이 아니다. 파스타를 좋아한다면 좋은 소스와 올리브유를 구해서 아끼지 말고 이런 날 듬뿍 쓰자.

···   먼저 소스를 졸이자. 팬에 올리브유를 2큰술 정도 넉넉하게 두르고 마늘을 얇게 편으로 썰어 넣는다. 타지 않게 약불로 볶다가 마늘 향이 올라오면 소스를 한꺼번에 붓는다. 생바질 잎과 소금, 후추를 넣고 약한 불에 뭉근하게 졸여준다. 바질이 없으면 생략 가능하지만 '강력한' 맛을 위해 되도록 넣으면 좋겠다. 소스는 절반 정도로 줄어들 때까지 졸인다.

···   다음으로 면을 삶는다. 파스타 면 중에는 달걀이 들어간 것이 많다. 비건 파스타를 구하거나 시판되는 파스타 성분표를 잘 확인해본다. 포장지에 나와 있는 시간대로 면을 삶은 다음 졸이고 있던 소스에 넣는다.

···   소스가 졸여지는 동안 샐러드를 만들어도 좋다. 파스타에 채소가 거의 안 들어가는 게 조금 아쉬워 간편한 당근 사과 샐러드를 만들어본다. 당근과 사과를 채칼로

갈거나 얇게 채를 썬다. 볼이나 큰 면 그릇에 채 썬 채소를
담고 소금, 후추, 식초, 간장을 넣어 섞어준 뒤 올리브유를
둘러 마무리한다. 식초 대신 레몬즙을 넣으면 더 맛있다.

・・・

　　　　자, 이제부터는 서둘러야 한다. 불은 짜장면보다 더
맛없는 건 불은 파스타다. 간결하고 재미있고 강력한 한 방의
맛은 딱 적당히 익고 적당히 따뜻할 때 먹어야 나온다.
기억하자. 포인트는 절대 넘치도록 많이 만들지 않는 것이다.
접시를 들고 남은 소스를 핥아 먹고 싶은 충동이 들 만큼의
양으로 맛을 남겨보자.

· 겨울 ·

외식하지 않아도 좋은
그리스식 버섯 조림

재료(2인분)

양송이버섯 10개(약 400g) | 양파 1/2개 | 마늘 1쪽 | 레몬 1/2개 |

화이트와인 70mL | 물 50mL | 설탕 2꼬집 | 토마토 페이스트 1/2큰술 |

올리브유 | 향신료(코리안더, 큐민 등) | 월계수 잎 1장 | 소금 | 후추

• • •

　　필요한 도구는 칼, 도마와 냄비 하나라 간단하게
요리하기 좋은 레시피다. 그리스식이지만 프랑스 반찬
코너에서 자주 찾아볼 수 있는 친근한 음식이기도 하다.

• • •

　　먼저 버섯을 깨끗이 씻어 두껍게 편으로 썰어준다.
중요한 건 버섯 크기를 비슷하게 만드는 것이다. 다음으로
마늘과 양파를 다진다. 다진 마늘을 쓴다면 1작은술 정도의

양이다. 냄비는 폭이 넓고 두꺼울수록 좋다. 또는 어느 정도 깊이가 있는 프라이팬을 써도 무방하다. 이제 냄비를 중불에 올리고 올리브유 2큰술을 둘러준 뒤 마늘과 양파를 약 5분간 볶는다.

• • •

　여기에 레몬즙, 와인, 설탕, 토마토 페이스트와 물을 넣고 섞어준다. 토마토 페이스트가 없다면 설탕을 생략하고 케첩을 사용해도 된다. 소스가 끓어오르면 불을 살짝 줄이고 버섯과 향신료, 월계수 잎, 소금, 후추를 더해준다. 20분간 뚜껑을 덮고 약불에서 뭉근하게 끓인 뒤 2시간 이상 식힌다. 차갑게 먹어도 좋고 살짝 미지근하게 데워 먹어도 좋다. 사이드 메뉴로 내거나 감자 요리 등과 함께 메인으로 먹어도 좋다.

• • •

　손님 초대용으로 좀 더 예쁘게 만들고 싶을 땐 크기가 아주 작은 양송이버섯으로 만들거나 새송이버섯, 팽이버섯, 느타리버섯 등 다른 종류의 버섯을 조금 섞는 것도 좋다. 대신 다른 버섯들은 오래 익히면 살짝 질겨지기 때문에 조금 늦게 넣도록 한다. 버섯은 소스를 많이 흡수하지 못하기 때문에 살짝 짜게 해야 간이 맞다.

・・・　이 요리는 다른 방식으로 응용이 가능하다. 버섯
대신 대파를 넣어도 아주 맛있고 당근이나 호박, 가지
등을 이용해도 색다르다. 만약 집에 난로가 있다면 음식을
은근하게 덥힐 수 있다. 가스불로 20분 끓이는 대신 은은한
난로 위에서 1시간가량 졸이면 더 깊은 맛이 난다. 다만 중간
중간 눌어붙지 않도록 확인해줘야 한다.

・・・　이 요리는 차갑게 먹어도 맛있기 때문에 한 번에
냄비 가득 만들어두고 반찬처럼 먹는 편이다. 한식에도
양식에도 잘 어울린다. 제일 좋아하는 조합은 차가운 버섯
조림에 올리브유를 뿌린 베트남 쌀과 조린 간장을 뿌린 두부
부침이다. 외식 부럽지 않다.

아무도 모르게 몰래 먹고 싶은
김치 폴렌타 너겟

재료(2인분)

폴렌타 100g l 달지 않은 식물성 우유 300mL l

김치 반 주먹 l 올리브유 l 소금 l 후추

• • •

　개인적으로 무척 좋아하는 음식이다. 일반적으로
폴렌타 요리는 옥수수가루를 끈적한 죽처럼 끓여서 퓨레와
같은 사이드 메뉴로 먹는데, 난 이렇게 한 번 더 구워준 걸
좋아한다. 간단하지만 중독성 있는 맛이다.

• • •

　먼저 김치를 다진다. 물기는 꼭 짜주지 않아도 괜찮다.
냄비에 올리브유를 넣고 다진 김치를 볶는다. 진한 김치맛을
원한다면 이때 김치 국물을 조금 넣고 함께 졸여준다. 다

졸았으면 식물성 우유를 넣고 소금과 후추로 간을 한다.

...

국물이 끓으면 폴렌타가루를 전부 붓는다. 중불에서
아주아주 끈적한 퓨레가 될 때까지 계속 저어준다. 가루
종류와 분쇄도에 따라 다르지만 시간이 좀 필요한 편이다.
다 익으면 간을 보고 넓적한 접시에 1cm 정도 얇게 펴준다.
큰 도마 위에 부어주어도 괜찮다. 그대로 30분 정도
식혀준다.

...

다 식으면 원하는 모양으로 잘라준다. 쿠키용 모양
틀을 이용해도 좋고 칼로 적당한 크기로 잘라줘도 된다.
작은 밥그릇으로 모양을 내면 햄버거용 패티로도 먹을 수
있다.

...

프라이팬에 올리브유를 조금 두르고 자른 폴렌타를
노릇하게 구워준다. 사이드 메뉴나 반찬으로도 좋고, 빵에
넣어 샌드위치로 먹어도 맛있고, 스테이크 먹듯이 구운
채소와 곁들여 먹어도 좋다. 옥수수의 구수한 맛과 김치의
새콤함이 어우러져 끊임없이 먹게 만든다. 케첩과 함께
내어주면 아이들도 잘 먹는다.

．．．

아무도 모르게 몰래 다 먹고 싶은 이 너겟의
포인트는 김치를 최대한 잘게 다지는 것이다. 김치 덩어리가
크면 반죽을 구울 때 흩어지기 쉽다. 김치를 좋아하지
않는다면 양파와 호박을 잘게 다져 넣어도 맛있다.

나의 세계는 변하고 있으니까

첫 문장을 쓰기 시작한 건 2019년 가을이었습니다. 초반 원고는 지금과 꽤 달랐어요. 저는 당시 자주 화가 났고, 전투적이었으며, 외롭게 움츠리는 날이 많았습니다. 원고에도 그런 감정이 고스란히 드러났어요. 그런데 원고를 고치고 더하고 또 다듬는 동안 마음에 서서히 변화가 일어났습니다. 주변의 모습도 많이 달라졌지요. 치즈를 좋아했던 남편은 이제 저와 함께 비건 생활을 즐기고, 프랑스 가족과 친구들도 낯설기만 했던 비거니즘을 자신의 일상에 조금씩 들이고 있습니다. 온통 검은콩 빛이던 비건 생활의 미래가 이젠 호박 빛 정도로 밝아졌지요. 분명 이런 변화는 저의 마음과 생각을 차분하게 기록했던 시간들 덕분일 겁니다.

매일 세 끼를 힘차게 해 먹고 원고를 만지작거리다 보니 어느새 2023년이 되었네요. 책 안에서 언젠가 비건 음식을 대접할 수 있는 공간을 가지고 싶다고 썼는데, 얼마 전 프랑스 생활을 정리한 뒤 남편과 함께 한국에서 작은 가게를 준비 중입니다. 처음 비건 생활을 시작했을 땐, 비건이라는 단어가 프랑스 요리사라는 저의 현실을 가로막는 걸림돌이 되지 않을까 걱정했어요. 그런데 지나고 보니 오히려 비건은 제게 새로운 꿈과 미래를 선물했습니다. 나의 세계는 완전히 바뀌었고, 그 세계 속을 여행하는 스스로가 퍽 마음에 듭니다. 앞으로도 어떤 생활이 저를 맞이할지 궁금하고요.

프랑스에서 비건 생활을 꾸려나가며 겪은 일들을 기록으로 남기려 시작한 원고는 열매하나 출판사를 통해 이렇게 책으로 나오게 되었어요. 편집자 여러분이 이 책의 공동 저자인 셈입니다. 부족한 제 이야기를 믿고 여기까지 함께해주신 점 정말 감사드려요. 무엇보다 귀중한 시간을 내어 책을 읽어주신 독자 여러분께 감사 인사를 전합니다. 비건 세계를 함께 살아가는 소중한 인연이 되어주셔서 고맙습니다.

2023년 눈 덮인 한국에서

하지희 드림

나의 프랑스식 비건 생활

2023년 1월 31일 초판 1쇄 발행

지은이　　하지희

펴낸이　　천소희
편집　　박수희

펴낸곳　　열매하나
등록　　2017년 6월 1일 제25100-2017-000043호
주소　　(57941) 전라남도 순천시 원가곡길 75
전화　　02.6376.2846 | **팩스** 02.6499.2884
전자우편　yeolmaehana@naver.com
인스타그램 @yeolmaehana

ISBN　　979-11-90222-30-3 03810

이 도서는 한국출판문화산업진흥원의 '2022년 출판콘텐츠 창작 지원 사업'의 일환으로
국민체육진흥기금을 지원받아 제작되었습니다.

 삶을 틔우는 마음 속 환한 열매하나